Tolstoi

Der Tod des Iwan Iljitsch

Leo Tolstoi

Der Tod des Iwan Iljitsch

Erzählung

Übersetzung von
Johannes von Guenther
Nachwort von Konrad Fuhrmann

Reclam

Russischer Originaltitel:
Smert' Ivana Il'iča (1886)

RECLAMS UNIVERSAL-BIBLIOTHEK Nr. 8980
1965, 1992 Philipp Reclam jun. Verlag GmbH,
Siemensstraße 32, 71254 Ditzingen
info@reclam.de
Druck und Bindung: Elanders Waiblingen GmbH,
Anton-Schmidt-Straße 15, 71332 Waiblingen
Printed in Germany 2026
RECLAM, UNIVERSAL-BIBLIOTHEK und
RECLAMS UNIVERSAL-BIBLIOTHEK sind eingetragene Marken
der Philipp Reclam jun. GmbH & Co. KG, Stuttgart
ISBN 978-3-15-008980-4
reclam.de

1

Während einer Pause im Prozess Melwinskij versammelten sich die Richter und der Staatsanwalt im Kabinett Iwan Jegorowitsch Schebeks, das sich in dem großen Gebäude befand, darin der Gerichtshof tagte, und das Gespräch kam auf den berühmten Krassowschen Fall. Fjodor Wassiljewitsch ereiferte sich und versuchte zu beweisen, dass der Fall gar nicht vor Gericht gehöre, Iwan Jegorowitsch beharrte auf seinem Standpunkt, Pjotr Iwanowitsch dagegen, der sich von Anfang an der Debatte ferngehalten, nahm auch weiterhin nicht teil am Gespräch, sondern sah die soeben gebrachte Zeitung durch.

»Meine Herren«, rief er plötzlich, »Iwan Iljitsch ist ja gestorben!«

»Wahrhaftig?«

»Da, lesen Sie selber«, sagte er zu Fjodor Wassiljewitsch und reichte ihm die frisch erschienene Nummer, die noch nach Druckerschwärze roch.

In schwarzer Umrandung stand dort gedruckt: »Praskowja Fjodorowna Golowina teilt mit innerster Betrübnis hierdurch allen Verwandten und Bekannten mit, dass heute, am 4. Februar des Jahres 1882, ihr geliebter Gatte, Iwan Iljitsch Golowin, Mitglied des Gerichtshofes, gestorben ist. Die Beerdigung findet am Freitag um ein Uhr nachmittags statt.«

Iwan Iljitsch war ein Kollege der hier versammelten Herren und bei allen sehr beliebt. Er war bereits seit einigen Wochen krank, und man nahm allgemein an, dass seine Krankheit unheilbar sei. Man hatte zwar noch nicht daran gedacht, seine Stellung zu vergeben, doch war bereits in Erwägung gezogen worden, dass im Falle seines Ablebens

Alexejew den Posten erhalten würde und dass an Alexejews Stelle entweder Winnikow oder Stabel treten sollten. Und da sie nun vom Tode Iwan Iljitschs hörten, war der erste Gedanke eines jeden der in diesem Kabinett versammelten Herren, welche Bedeutung dieser Todesfall für die Versetzung oder Beförderung der Richter oder ihrer Bekannten wohl haben würde.

›Jetzt werde ich sicher Stabels oder Winnikows Stelle erhalten‹, überlegte Fjodor Wassiljewitsch, ›das hat man mir schon lange versprochen, und diese Beförderung verschafft mir eine Zulage von achthundert Rubeln und außerdem noch die Kanzleisporteln.‹

›Ich werde mich darum kümmern müssen, dass mein Schwager aus Kaluga hierher versetzt wird‹, überlegte Pjotr Iwanowitsch. ›Da wird sich meine Frau sehr freuen, und dann wird sie auch nicht mehr sagen können, dass ich niemals etwas für ihre Verwandten getan habe.‹

»Ich dachte mir schon, dass er nicht mehr aufstehen wird«, sagte Pjotr Iwanowitsch laut. »Schade!«

»Was fehlte ihm eigentlich?«

»Die Ärzte konnten es nicht feststellen. Das heißt, sie stellten allerlei fest, aber jeder etwas anderes. Als ich ihn zum letzten Male sah, glaubte ich eigentlich, es ginge ihm besser.«

»Ich bin leider seit den Feiertagen nicht mehr dazu gekommen, ihn aufzusuchen. Ich hatte zwar immer die Absicht ...«

»Weiß man, ob er Vermögen hatte?«

»Seine Frau, doch wohl sehr wenig. Es kann sich nur um eine geringe Summe handeln.«

»Man wird hinfahren müssen. Sie wohnen so schrecklich weit.«

»Das heißt weit von Ihnen, von Ihnen aus ist alles weit.«

»Er kann es mir immer noch nicht verzeihen, dass ich auf der anderen Seite des Flusses lebe«, sagte Pjotr Iwanowitsch und lächelte Schebek zu. Und danach kam das Gespräch auf die Entfernung in der Stadt, und dann gingen alle gemeinsam in den Sitzungssaal zurück.

Außer den Gedanken an Versetzungen oder Möglichkeiten von Veränderungen im Dienst, die dieser Todesfall nach sich ziehen musste, rief die Tatsache des Verscheidens eines nahen Bekannten in jedem, der davon erfuhr, wie immer das Gefühl einer gewissen Freude darüber hervor, dass man nicht selber gestorben war, sondern jener.

›Was sagt man dazu, er ist gestorben, und ich bin nicht gestorben‹, dies dachte oder fühlte wohl ein jeder. Außerdem aber dachten die näheren Bekannten, das heißt die sogenannten Freunde Iwan Iljitschs, unwillkürlich noch daran, dass sie jetzt die langweiligen Anstandspflichten erfüllen und sich sowohl zur Seelenmesse wie auch mit einer Kondolenzvisite zur Witwe begeben müssten.

Fjodor Wassiljewitsch und Pjotr Iwanowitsch hatten ihm am nächsten gestanden.

Pjotr Iwanowitsch hatte mit ihm gleichzeitig die Rechtsschule absolviert und war Iwan Iljitsch zu Dank verpflichtet.

Nachdem er seiner Frau bei Tisch die Nachricht von Iwan Iljitschs Tod und seine Erwägung über die wahrscheinliche Versetzung des Schwagers in ihren Bezirk mitgeteilt, warf sich Pjotr Iwanowitsch, ohne erst sein Schläfchen zu machen, in den Frack und fuhr zu Iwan Iljitschs Wohnung.

Vor dem Hause, in dem Iwan Iljitsch gewohnt hatte, hielten eine Equipage und zwei Droschken. Unten im Flur lehnte an der Wand neben dem Kleiderständer der reich mit Goldstoff ausgeschlagene Sargdeckel mit seinen Tressen und der soeben gereinigten Borte. Dort standen zwei Damen in Trauer, die ihre Pelze ablegten. Die eine dieser Damen kannte er, es war die Schwester Iwan Iljitschs, die andere war ihm unbekannt. Im gleichen Augenblick kam Pjotr Iwanowitschs Kollege Schwarz von oben herunter und bemerkte noch auf der obersten Stufe den Eintretenden. Er blieb stehen und zwinkerte ihm zu, als wollte er damit sagen: ›Dumm von Iwan Iljitsch; da sind wir beide doch ganz andere Leute.‹

Schwarzens Antlitz mit seinem englisch zugeschnittenen Backenbärtchen und seine hagere Figur, die ebenfalls im Frack steckte, drückten wie immer eine elegante Würde aus, und diese Würde, die sonst dem zu Späßen aufgelegten Charakter Schwarzens widersprach, verlieh ihm hier eine eigene Note. So wenigstens dachte Pjotr Iwanowitsch.

Pjotr Iwanowitsch ließ die Damen vorangehen und folgte ihnen langsam die Treppe hinauf. Schwarz dagegen ging nicht erst hinunter, sondern erwartete ihn oben. Und Pjotr Iwanowitsch erriet sogleich warum; jener wollte augenscheinlich mit ihm verabreden, wo heute ein Whistchen gespielt werden könnte. Die Damen gingen die Treppe hinauf zur Witwe, Schwarz jedoch, dessen feste Lippen streng geschlossen waren, obwohl sein Blick lächelte, wies mit einer Bewegung der Augenbrauen Pjotr Iwanowitsch nach rechts ins Zimmer des Toten.

Wie das stets zu geschehen pflegte, trat Pjotr Iwanowitsch dort ein, ohne zu wissen, was er eigentlich zu tun habe. Eines freilich wusste er genau: es konnte nie schaden, sich in solchen Fällen zu bekreuzigen. Er war allerdings nicht ganz sicher, ob er hierbei auch eine tiefe Verbeugung machen müsse, und wählte darum eine Art Mittelweg: denn als er das Zimmer betrat, begann er sich zu bekreuzigen und verneigte sich dabei ein wenig, fast so, als geschähe es zufällig. Gleichzeitig blickte er sich, soweit ihm dies die Bewegung seiner Hände und des Kopfes gestatteten, im Zimmer um. Zwei junge Männer, einer davon ein Gymnasiast und beide offenbar Neffen des Verstorbenen, verließen, sich bekreuzigend, soeben das Gemach. Eine alte Frau stand regungslos da. Eine Dame mit sonderbar hochgezogenen Augenbrauen raunte ihr etwas ins Ohr. Der flinke und entschlossene Küster im Gehrock las laut und mit einem Ausdruck, der jeden Widerspruch auszuschließen schien; der Bauernbursche Gerassim, dem in der letzten Zeit das Servieren übertragen worden war, ging mit elastischen Schritten an Pjotr Iwanowitsch vorüber und streute dabei etwas auf den Fußboden. Als Pjotr Iwanowitsch das bemerkte, spürte er sogleich den schwachen Geruch der sich zersetzenden Leiche. Bei dem letzten Besuch, den Pjotr Iwanowitsch Iwan Iljitsch abgestattet hatte, war dieser Bauer ebenfalls im Kabinett gewesen; er hatte das Amt eines Krankenwärters versehen und stand bei Iwan Iljitsch hoch in Gunst. Pjotr Iwanowitsch bekreuzigte sich noch immer und machte eine leichte Verbeugung in einer mittleren Richtung zwischen Sarg, Küster und den Heiligenbildern, die in der Ecke auf einem Tisch standen. Schließlich aber, als ihm die Bewegung der sich bekreuzigenden Hand schon übergenug gewesen zu sein schien, hielt er inne und begann den Toten zu mustern. Der Tote lag da, wie Verstorbene immer zu liegen pflegen, so besonders schwer und totenhaft, mit den erstarrten Gliedmaßen in der Sargunterlage versinkend, den auf ewig gebeugten Kopf auf den Kissen, wobei, wie das bei Toten stets zu sein pflegt, seine gelblich-wächserne Stirn mit den kahlen Stellen auf den eingefallenen Schläfen sonderbar nach oben ragte, ebenso die Nase, deren Spitze fast auf die Oberlippe zu drücken schien. Er hatte sich sehr verändert, er war seit der Zeit, da Pjotr Iwanowitsch ihn nicht gesehen, noch hagerer geworden, allein sein Gesicht war, wie immer bei Toten, schöner geworden und vor allem bedeutender als damals, da er noch lebte. Sein Gesichtsausdruck schien zu sagen, dass alles, was getan werden musste, nunmehr getan, und zwar ordnungsmäßig getan sei. Außerdem freilich lag in diesem Ausdruck noch ein Vorwurf oder eine Mahnung an die Überlebenden. Diese Mahnung allerdings schien Pjotr Iwanowitsch hier keineswegs am Platze zu sein oder zum mindesten ihn nichts anzugehen. Jedenfalls fühlte er sich plötzlich unangenehm berührt, und darum bekreuzigte sich Pjotr Iwanowitsch noch einmal hastig und vielleicht, so wenigstens kam es ihm vor, allzu hastig und nicht so, wie es der Anstand erfordert hätte, drehte sich darauf um und schritt zur Tür. Schwarz erwartete ihn im Durchgangszimmer nebenan; dort stand er breitbeinig, die Hände auf dem Rücken, und spielte mit seinem Zylinder. Ein Blick auf die heitere, reinliche und elegante Figur – und Pjotr Iwanowitsch fühlte sich bereits frischer. Denn Pjotr Iwanowitsch begriff sogleich, dass jener, Schwarz nämlich, über diesen Dingen stand und sich von bedrückenden Empfindungen nicht stören ließ. Sein Aussehen sprach deutlich genug: die Tatsache, dass eine Seelenmesse für Iwan Iljitsch gelesen würde, sei keineswegs als stichhaltiger Grund anzusehen, den Gang der Sitzung als unterbrochen zu erklären, oder mit andern Worten, nichts in der Welt könne ihn hindern, noch heute abend einen frischen Talon Karten aufzureißen und die Blätter schnippen zu lassen, während zur gleichen Zeit der Bediente vier frische Kerzen auf den Tisch stellte; und überhaupt gäbe es keinerlei Grund anzunehmen, dass dieses Ereignis ihn hindern könnte, den heutigen Abend angenehm zu verbringen. Als Pjotr Iwanowitsch sich ihm näherte, raunte er ihm das zu und lud ihn ein, bei Fjodor Wassiljewitsch mit von der Partie zu sein. Allein augenscheinlich war es Pjotr Iwanowitsch nicht vorherbestimmt, den heutigen Abend dem Whist zu widmen. Denn Praskowja Fjodorowna, eine kleine und feiste Frau, die trotz all ihrer Bemühungen, das Gegenteil zu erreichen, mit den Jahren von den Schultern abwärts immer breiter geworden war, trat ganz in Trauer, einen Kreppschleier auf dem Kopf und mit genauso sonderbar emporgezogenen Brauen wie jene Dame, die neben dem Sarge gestanden hatte, jetzt mit anderen Damen aus ihren Gemächern und sagte, ihnen das Geleit bis zur Tür des Toten gebend: »Gleich wird die Totenmesse beginnen; gehen Sie nur hinein.«

Schwarz verneigte sich unbestimmt und blieb stehen, er schien die Einladung weder anzunehmen noch abzulehnen. Aber als Praskowja Fjodorowna Pjotr Iwanowitschs ansichtig wurde, seufzte sie tief auf, trat dicht an ihn heran, ergriff seine Hand und sagte: »Ich weiß, Sie waren stets Iwan Iljitschs wahrhafter Freund ...«, und sah ihn dabei an, als erwarte sie von ihm unverzüglich Handlungen, diesen Worten entsprechend.

Pjotr Iwanowitsch wusste, dass man, genauso wie es im anderen Zimmer notwendig gewesen war, sich zu bekreuzigen, hier die Hand drücken, ebenfalls seufzen und sagen musste: »Seien Sie überzeugt!« Das tat er denn auch. Und fühlte, nachdem er es getan, dass er zum gewünschten Ergebnis gekommen sei: dass er gerührt wäre und dass auch sie sich hatte rühren lassen.

»Kommen Sie, bevor es dort begonnen hat; ich muss mit Ihnen sprechen«, sagte die Witwe. »Geben Sie mir Ihren Arm.«

Pjotr Iwanowitsch bot ihr den Arm, und sie begaben sich in die inneren Gemächer, an Schwarz vorüber, der dabei betrübt Pjotr Iwanowitsch zuzwinkerte.

›Aus ist's mit dem Whist! Wir werden uns einen anderen Partner holen müssen, tragen Sie uns das nicht nach. Doch vielleicht geht es auch zu fünft, sollte es Ihnen noch gelingen, sich frei zu machen‹, dies stand in seinem munteren Blick zu lesen.

Pjotr Iwanowitsch seufzte noch tiefer und noch bekümmerter, und Praskowja Fjodorowna drückte ihm dankbar die Hand. Sie betraten den mit rosa Kretonne ausgeschlagenen Salon, in dem eine trübe Lampe brannte, und nahmen am Tisch Platz: sie setzte sich auf den Diwan, Pjotr Iwanowitsch dagegen auf einen niedrigen Puff, dessen Federung verdorben war und der daher nur unregelmäßig nachgab, wenn man sich auf ihn setzte. Praskowja Fjodorowna wollte ihn zwar warnen, er solle sich lieber auf einen andern Stuhl setzen, aber bei einiger Überlegung schien ihr eine solche Warnung der Lage, in der sie sich befand, nicht ganz zu entsprechen, und so ließ sie es sein. Als Pjotr Iwanowitsch sich auf den Puff gesetzt hatte, fiel ihm unwillkürlich ein, wie Iwan Iljitsch seinerzeit diesen Salon eingerichtet und mit ihm beraten hatte, ob man diesen selben rosa Kretonne mit den grünen Blättern nehmen könnte. Um sich auf den Diwan zu setzen, musste die Witwe am Tisch vorbei (überhaupt stand der ganze Salon voll von Sächelchen und Möbeln) und blieb dabei mit dem schwarzen Krepp ihres schwarzen Umhangs an der Schnitzerei des Tisches hängen. Pjotr Iwanowitsch erhob sich, um ihr zu helfen, wobei der von seiner Last erleichterte Puff in Bewegung geriet und aufschnellend ihn von hinten stieß. Die Witwe machte sich selber los, und darum setzte sich Pjotr Iwanowitsch wieder, den unter seinem Gewicht rebellierenden Puff niederdrückend. Allein die Witwe hatte sich nicht ganz befreit, und so musste sich Pjotr Iwanowitsch aufs neue erheben, und wiederum wurde der Puff rebellisch und knackte sogar einmal. Nachdem dieses alles zu Ende war, zog sie ein reines Batisttuch hervor und begann zu weinen. Pjotr Iwanowitsch dagegen hatten die Episode mit dem Krepp und der Kampf mit dem Puff wesentlich abgekühlt, und er setzte eine verdrießliche Miene auf. Die etwas peinliche Lage wurde durch den Eintritt des Bedienten Sokolow unterbrochen, der melden kam, dass der Platz auf dem Friedhof, den Praskowja Fjodorowna ausgewählt hatte, zweihundert Rubel koste. Sie hörte auf zu weinen, sah mit dem Ausdruck eines Opfers Pjotr Iwanowitsch an und sagte auf französisch, dass dies alles sehr schwer für sie sei. Pjotr Iwanowitsch machte stumm ein Zeichen, das seiner unbedingten Überzeugung Ausdruck geben sollte, es könne auch gar nicht anders sein.

»Rauchen Sie nur, bitte«, sagte sie mit großmütigem und dennoch gleichzeitig gedrücktem Ton, worauf sie sich an Sokolow wandte und die Frage des Preises der Grabstätte mit diesem erwog. Pjotr Iwanowitsch steckte sich eine Zigarette an und hörte zu, wie sie sich ungemein eingehend nach den verschiedenen Preisen der Friedhofsplätze erkundigte und endlich die Stelle bestimmte, die zu kaufen sei. Und nachdem sie hiermit zu Ende gekommen war, traf sie noch Anordnungen hinsichtlich des Sängerchores.

Schließlich ging Sokolow.

»Ich mache alles selber«, wandte sie sich darauf zu Pjotr Iwanowitsch und rückte die Bildermappen, die auf dem Tisch lagen, beiseite; allein da sie hierbei bemerkte, dass die Zigarettenasche auf die Tischplatte zu fallen drohte, schob sie unverzüglich Pjotr Iwanowitsch einen Aschenbecher zu und sprach weiter: »Für mein Gefühl wäre es eine Heuchelei zu behaupten, dass ich mich vor Kummer nicht mit den praktischen Angelegenheiten befassen könne. Im Gegenteil, wenn es überhaupt etwas gibt, das mich zwar nicht trösten … doch ablenken kann, so sind das diese Sorgen, die immer noch ihm gewidmet sind.« Und wiederum griff sie nach dem Tuch, als wolle sie weinen, raffte sich jedoch plötzlich auf, als überwinde sie sich selber, und begann in ruhigem Ton weiterzusprechen.

»Ich habe ein Anliegen an Sie.«

Pjotr Iwanowitsch verneigte sich, ließ jedoch den Federn des Puffs, die sich sogleich wieder unter ihm zu regen begannen, diesmal nicht ihren Willen.

»In den letzten Tagen hat er sehr gelitten.«

»Sehr gelitten?« fragte Pjotr Iwanowitsch.

»Einfach entsetzlich! Die ganzen letzten Stunden hindurch schrie er, ohne aufzuhören. Drei geschlagene Tage hindurch schrie er so in einem fort. Es war fast nicht mehr auszuhalten. Ich kann noch immer nicht verstehen, wie ich das überstanden habe; durch drei Türen hörte man es noch. Ach, was hatte ich auszustehen!«

»Und war er dabei wirklich immer bei Besinnung?« fragte Pjotr Iwanowitsch.

»Ja«, flüsterte sie, »bis zur letzten Minute. Eine Viertelstunde vor seinem Tode nahm er von uns Abschied und bat dabei, Wolodja fortzuführen.«

Und plötzlich drang der Gedanke an die Leiden des

Menschen, den er so nahe gekannt, anfangs als frischen Buben, als Schüler, und späterhin als erwachsenen Kollegen, wie ein Grauen auf Pjotr Iwanowitsch ein, trotz des peinlichen Bewusstseins, dass er selber und diese Frau heuchelten. Wieder sah er diese Stirn vor sich, die Nasenspitze, die auf die Lippen zu pressen schien, und ihn überfiel die Angst um sich selber.

›Drei Tage entsetzlicher Qualen und darauf der Tod. Kann nicht etwas Ähnliches jetzt gleich oder in jedem Augenblick auch mir drohen?‹ dachte er und hatte eine Minute hindurch Angst. Doch da kam ihm, er wusste selber nicht wie, plötzlich der gewohnte Gedankengang zu Hilfe, dass dieses ja nur dem Iwan Iljitsch zugestoßen sei und keineswegs ihm selber und dass ihm so etwas nie zustoßen dürfte und wohl auch nicht könnte; und dass er, indem er solchen Gedanken nachhinge, sich einer finsteren Stimmung hingäbe, was zweifellos nicht nötig sei, wie es Schwarzens Antlitz auf das augenscheinlichste bewies. Nachdem Pjotr Iwanowitsch diese Betrachtungen beendet, beruhigte er sich dabei und begann sich voller Interesse nach den Einzelheiten von Iwan Iljitschs Tod zu erkundigen, so, als wäre das Sterben ein Abenteuer, das nur in Iwan Iljitschs Natur liegen konnte, nicht aber in seiner.

Nach einem längeren Gespräch über die Einzelheiten der wahrhaft fürchterlichen physischen Qualen, die Iwan Iljitsch ausgestanden (diese Einzelheiten vermochte sich Pjotr Iwanowitsch lediglich daraus zu rekonstruieren, wie die Qualen Iwan Iljitschs auf die Nerven Praskowja Fjodorownas eingewirkt hatten), hielt es die Witwe schließlich für richtig, zur Sache überzugehen.

»Ach, Pjotr Iwanowitsch, es ist so schwer, so furchtbar schwer!« Und sie begann aufs neue zu weinen.

Pjotr Iwanowitsch seufzte und wartete darauf, wann sie sich wohl endlich ihres Taschentuches bedienen würde. Nachdem sie sich schließlich geschneuzt hatte, sagte er:

»Seien Sie überzeugt ...«, jedoch da begann sie aufs neue zu sprechen und sagte ihm nun das, was augenscheinlich ihr Anliegen an ihn war; und zwar richtete sie einige Fragen an ihn, wie sie wohl anlässlich des Todes ihres Gatten eine Geldunterstützung vom Staat erhalten könnte. Sie gab sich freilich den Anschein, als wolle sie Pjotr Iwanowitsch lediglich um Rat wegen der Pension fragen; allein er sah nur zu deutlich, dass sie all das bereits bis in die geringste Kleinigkeit hinein kannte, und zwar sogar solche Einzelheiten, die ihm selber unbekannt waren: sie wusste genau, was man anlässlich dieses Todes vom Staat erhalten könnte; von ihm aber wollte sie erfahren, ob es nicht möglich sei, noch etwas mehr Geld zu bekommen. Pjotr Iwanowitsch gab sich Mühe, etwas zu ersinnen, musste aber, nachdem er nachgedacht und gewissermaßen aus Anstand die Regierung ihres Geizes halber gescholten, schließlich sagen, ihm schiene, mehr würde es wohl nicht geben. Als sie das hörte, seufzte sie und dachte nunmehr ganz augenscheinlich darüber nach, wie sie sich ihres Besuchers entledigen könnte. Er begriff, machte seine Zigarette aus, erhob sich, drückte ihre Hand und begab sich ins Vorzimmer.

Im Speisezimmer, in dem die Uhr stand, über die Iwan Iljitsch sich seinerzeit so gefreut hatte, da sie ein billiger Gelegenheitskauf war, traf Pjotr Iwanowitsch den Geistlichen an und ferner einige Bekannte, die zur Totenmesse gekommen waren, außerdem sah er dort Iwan Iljitschs Tochter, eine hübsche junge Dame, mit der er schon bekannt war. Sie trug Trauer. Ihre Taille, die ohnehin schmal war, schien dadurch noch schmaler geworden zu sein. Ihre Miene war düster und entschlossen, ja fast zornig. Sie begrüßte Pjotr Iwanowitsch mit einem Ausdruck, als wäre er irgendwie mit schuld an allem. Hinter der Tochter stand mit der gleichen beleidigten Miene ein wohlhabender junger Mann, den Pjotr Iwanowitsch ebenfalls kannte, ein Untersuchungsrichter, der, wie es hieß, ihr Bräutigam sei. Pjotr Iwanowitsch begrüßte die beiden mit bekümmerter

Miene und wollte an ihnen vorbei ins Zimmer des Toten, als plötzlich von der Treppe her die Gestalt des kleinen Sohnes auftauchte, der noch ins Gymnasium ging und Iwan Iljitsch bestürzend ähnlich sah. Das war genau derselbe kleine Iwan Iljitsch, wie ihn Pjotr Iwanowitsch in der Rechtsschule kennengelernt hatte. Seine Augen waren verweint und schauten so, wie man es nur bei lasterhaften Jungen im Alter von dreizehn bis vierzehn Jahren gewohnt ist. Als der Junge Pjotr Iwanowitschs ansichtig wurde, runzelte er finster und zugleich verlegen die Stirn. Pjotr Iwanowitsch nickte ihm zu und begab sich in das Zimmer, in dem der Leichnam lag. Die Totenmesse begann wie immer mit Kerzen, Schluchzen, Weihrauch, Tränen und Seufzen. Mit gerunzelter Stirn stand Pjotr Iwanowitsch da und schaute auf seine Füße. Dem Leichnam schenkte er keinen Blick und vermied es bis zum Schluss, sich Empfindungen hinzugeben, die ihm seine Haltung hätten nehmen können; er verließ das Zimmer als einer der ersten. Im Vorzimmer war niemand. Gerassim sprang ihm aus dem Zimmer des Toten nach und warf mit seinen kräftigen Armen alle Pelze durcheinander, um Pjotr Iwanowitschs Pelz zu finden; er war ihm auch beim Anziehen behilflich.

»Na, Bruder Gerassim?« fragte Pjotr Iwanowitsch, um nur etwas zu sagen. »Schade, was?«

»Gottes Fügung. Jeden trifft es einmal«, sagte Gerassim, die festen weißen Bauernzähne fletschend, und riss wie ein Mensch, der im Eifer erhöhter Arbeitstätigkeit ist, rasch die Tür auf, rief den Kutscher herbei, half Pjotr Iwanowitsch in den Wagen und eilte zur Eingangstür zurück, als müsse er geschwind überlegen, was er noch zu tun hätte.

Nach dem Geruch von Weihrauch, dem Leichengeruch und der Karbolsäure empfand Pjotr Iwanowitsch es jetzt als besonders wohltuend, frische Luft einzuatmen.

»Wohin?« fragte der Kutscher.

»Es ist noch nicht spät. Ich könnte noch zu Fjodor Wassiljewitsch fahren.«

Und Pjotr Iwanowitsch fuhr hin. Er traf jene in der Tat beim Ende des ersten Robbers an, so dass er noch ganz gut als fünfter einspringen konnte.

2

Die nunmehr abgeschlossene Geschichte von Iwan Iljitschs Leben war in ihrem Verlauf einfach, gewöhnlich und gleichzeitig überaus entsetzlich gewesen.

Iwan Iljitsch war im Alter von fünfundvierzig Jahren gestorben, als Mitglied des Gerichtshofes. Sein Vater war ein Beamter gewesen, der in Petersburg in den verschiedenen Ministerien und Abteilungen eine Karriere gemacht hatte, die ihn wie manche anderen mit der Zeit in jene Stellungen brachte, in denen es zwar ersichtlich wird, dass diese Personen zur Ausführung jeder wesentlichen Aufgabe unfähig geworden sind, aus denen man sie aber andererseits infolge der langen vergangenen Dienstzeit und der erreichten Titel nicht mehr hinauswerfen kann, und so werden alsdann diese Personen auf fiktive, eigens zu diesem Zweck erschaffene Posten gesetzt und erhalten alsbald keineswegs fiktive Tausende, von sechs- bis zu zehntausend Rubeln, mit denen sie bis ins höchste Alter hinein geruhig weiterleben können.

Von solcher Art war auch der Geheimrat Ilja Jefimowitsch Golowin gewesen, dieses überflüssige Mitglied überflüssiger Institutionen. Er hatte drei Söhne. Iwan Iljitsch war der zweite. Der älteste Sohn machte die gleiche Karriere wie der Vater, nur in einem anderen Ministerium, und war schon nahe daran, jenes Dienstalter erreicht zu haben, bei dem das Gehalt eigentlich nur noch der Regelung durch das Gesetz unterliegt. Der dritte Sohn war ein Pechvogel. Er hatte sich schon auf verschiedenen Posten seine Aussichten verscherzt und bekleidete jetzt eine Stellung bei der Eisenbahn; weder sein Vater noch seine Brüder und insbesondere deren Frauen liebten es, ihm zu begegnen, doch nicht genug damit, sie erinnerten sich seiner überhaupt nur, wenn es nicht mehr zu vermeiden war. Die einzige Schwester der drei hatte einen Baron Gräf geheiratet, der genauso ein Petersburger Beamter war wie sein Schwiegervater. Iwan Iljitsch wurde »le phénix de la famille«* genannt. Er war weder so kalt und akkurat wie der ältere noch so desperat wie der jüngere. Er hielt die Mitte zwischen beiden, als ein kluger, lebhafter, angenehmer und anständiger Mensch. Seine Erziehung genoss er gemeinsam mit dem jüngeren Bruder in der Rechtsschule. Dem jüngeren freilich gelang es nicht, die Schule zu absolvieren, denn er wurde bereits aus der fünften Klasse hinausgeworfen; Iwan Iljitsch dagegen absolvierte den ganzen Lehrkursus mit Ehren. Bereits in der Rechtsschule stellte er sich als das heraus, was er sein ganzes Leben hindurch blieb: ein befähigter Mensch, der zwar heiter-gutmütig und gesellig war, der aber mit größter Strenge das ausführte, was er für seine Pflicht hielt; und zwar hielt er all das für seine Pflicht, was von höhergestellten Personen dafür gehalten wurde. Weder als Junge noch späterhin als Erwachsener war er das, was man so gemeinhin einen Streber oder Schmeichler nennt, allein schon seit seiner frühesten Kindheit zog es ihn, wie die Mücke zum Licht, zu den Höhergestellten dieser Welt, und es war sein Trachten, sich ihre Sitten und ihre Weltanschauung zu eigen zu machen und mit ihnen freundschaftliche Beziehungen zu unterhalten. Die Versuchungen der Kinderzeit und der Jugend glitten vorüber, ohne tiefere Spuren zu hinterlassen; zwar hatte auch er sich der Sinnlichkeit und der Eitelkeit hingegeben und zum Schluss in den oberen Rangklassen sogar einer gewissen Liberalität der Gesinnung, allein all das in bestimmten Grenzen, die ihm sein sicheres Gefühl wies.

In der Rechtsschule hatte er sich manche Handlungen

* (frz.) der Stolz der Familie.

zuschulden kommen lassen, die ihm vormals ganz abscheulich erschienen waren und ihm auch, während er sie verübte, einen Ekel vor sich selber einflößten; als er jedoch späterhin die Erfahrung machen musste, dass auch hochstehende Personen sich gleiche Handlungen zuschulden kommen ließen, die von ihnen nicht für schlimm gehalten wurden, hielt er sie deswegen zwar nicht für gut, aber vergaß sie ganz einfach und grämte sich nicht mehr darüber, wenn sie wieder einmal in seiner Erinnerung auftauchten.

Er verließ die Rechtsschule, erhielt gleichzeitig den Rang der zehnten Dienstklasse und von seinem Vater Geld zur Equipierung; Iwan Iljitsch bestellte sich darauf Kleider bei Scharmer, hängte an seine Uhrkette eine kleine Medaille mit der Inschrift »Respice finem«*, nahm Abschied von seinem prinzlichen Erzieher, speiste mit seinen Kameraden bei Donon und reiste mit einem neuen modischen Koffer, angefüllt mit neuer Wäsche, Kleidern, Rasier- und Toilettengegenständen, und mit seinem Plaid, alles in den allerbesten Geschäften bestellt und gekauft, in die Provinz, wo er bei einem Gouverneur als Beamter für besondere Aufträge tätig war, eine Stellung, die ihm sein Vater verschafft hatte.

In der Provinz gelang es Iwan Iljitsch sehr schnell, sich eine ebenso leichte und angenehme Position zu schaffen, wie die in der Rechtsschule gewesen war. Er diente und machte Karriere und hatte dennoch auf angenehme und anständige Art gleichzeitig viel Vergnügen; und wenn er ab und zu auf Befehl der Obrigkeit Dienstreisen machen musste, die ihn aufs Land führten, so wusste er stets, sowohl im Verkehr mit Höhergestellten als auch mit Niederen, eine würdige Haltung zu bewahren und führte die ihm übertragenen Aufträge, die meistens Angelegenheiten der Sektierer betrafen, mit größter Genauigkeit und einer un-

* (lat.) Bedenke das Ende.

bestechlichen Ehrenhaftigkeit durch, auf die er nicht anders als stolz sein konnte.

In Dienstangelegenheiten war er nämlich, unbeschadet seiner Jugend und seinem Hang zu leichteren Vergnügungen, ungewöhnlich zurückhaltend, offiziell und sogar streng; in der Gesellschaft dagegen war er oft ausgelassen und geistreich, stets jedoch gutmütig, artig und ein bon enfant*, wie sein Vorgesetzter und dessen Gattin ihn nannten, in deren Familie er wie ein Hausgenosse verkehrte.

Während seines Aufenthaltes in der Provinz kam es unter anderem auch zu einem Verhältnis mit einer Dame, die sich dem eleganten Juristen geradezu aufdrängte; andererseits freilich gab es da auch eine gewisse Modistin; es gab Trinkgelage mit den Flügeladjutanten, wenn sie herreisten, und gab Fahrten in entlegene Gassen nach dem Diner; es kam hie und da auch vor, dass man dem Vorgesetzten schöntun musste und sogar der Frau des Vorgesetzten; allein all das trug dennoch in so hohem Maße den Stempel der Anständigkeit, dass man dafür keineswegs hässliche Bezeichnungen zu finden brauchte: man konnte dies alles gewissermaßen der Rubrik jenes französischen Ausspruches zuzählen: il faut que jeunesse se passe**. Denn wenn es geschah, so geschah es sozusagen mit sauberen Händen und in sauberen Hemden, es wurde dabei französisch gesprochen, und, was die Hauptsache war, es spielte sich in der höchsten Gesellschaft ab und folglich mit der Billigung hochstehender Personen.

Auf diese Weise versah Iwan Iljitsch fünf Jahre lang seinen Dienst, bis endlich eine Änderung darin eintrat. Es kamen neue gerichtliche Institutionen auf, und neue Leute wurden notwendig.

Und Iwan Iljitsch wurde ein solcher neuer Mann.

Man trug Iwan Iljitsch den Posten eines Untersuchungs-

* (frz.) lieber Junge.

** (frz.) Die Jugend muß sich austoben.

richters an, und Iwan Iljitsch nahm ihn an, ungeachtet dessen, dass dieser Posten ihn in ein anderes Gouvernement führte und er aus diesem Grunde all die bestehenden Beziehungen abbrechen und neue anknüpfen musste. Der Abschied von seinen Freunden war bewegt, sie ließen ein Gruppenbildnis von sich herstellen, überreichten Iwan Iljitsch ein silbernes Zigarettenetui, und so reiste er denn auf seinen neuen Posten ab.

Iwan Iljitsch war dort als Untersuchungsrichter genauso comme il faut* und ordentlich und wusste genauso seine Dienstpflicht von seinem Privatleben zu trennen und sich dadurch die allgemeine Achtung zu erwerben, wie er es auch in seinem Amt als Beamter für besondere Aufträge gehalten hatte. Dagegen kamen Iwan Iljitsch die Dienstpflichten eines Untersuchungsrichters viel interessanter und anziehender vor als seine vorige Tätigkeit. Es war ihm zwar in seinem früheren Amt jedesmal angenehm gewesen, mit elegantem Schritt in seiner Scharmerschen Dienstuniform an den bebenden und den Beginn des Empfangs erwartenden Bittstellern und Beamten, die ihn sichtlich beneideten, vorüber und direkt ins Kabinett des Vorgesetzten zu gehen, mit diesem Tee zu trinken und eine Zigarette zu rauchen; dafür aber waren es nur wenige gewesen, die direkt von ihm abhingen. Es hatte nur einige Kreispolizeioffiziere und Sektierer gegeben, wenn er mit Aufträgen aufs Land geschickt worden war; seine Angewohnheit jedoch war es dann stets gewesen, höflich, ja fast kameradschaftlich mit diesen Personen, die von ihm abhingen, umzugehen, und er liebte es, sie fühlen zu lassen, dass er, der sie zermalmen konnte, so freundschaftlich und schlicht mit ihnen umging. Allerdings hatte es damals wenig solcher Menschen gegeben. Jetzt aber, da er Untersuchungsrichter geworden war, wusste Iwan Iljitsch freilich, dass alle, und zwar ohne Ausnahme, sogar die allerbedeutendsten und

* (frz.) mustergültig.

selbstzufriedensten Personen, dass alle in seiner Hand waren und dass er nur gewisse bestimmte Worte auf ein Papier mit einer Aufschrift zu schreiben brauche und dass alsbald der bedeutende und selbstzufriedene Mensch ihm entweder als Angeklagter oder als Zeuge vorgeführt werden müsste und dass dieser Mensch, wenn Iwan Iljitsch ihn nicht eigens auffordern wollte, Platz zu nehmen, vor ihm stehen und auf jede seiner Fragen antworten müsste. Allerdings missbrauchte Iwan Iljitsch diese Macht niemals, sondern war im Gegenteil stets bemüht, die Art, wie sie sich äußerte, zu mildern; allein schon das Bewusstsein dieser Macht und die Möglichkeit, sie nach Belieben abzuschwächen, bedeuteten für ihn den Hauptreiz und die Hauptanziehungskraft in seiner neuen Dienstsphäre. Auf seinem neuen Posten, und zwar speziell bei Untersuchungen, gewöhnte sich Iwan Iljitsch bald die Methode an, alle Angelegenheiten fernzuhalten, die nicht direkt zum Dienst gehörten, auch die kompliziertesten Fälle sehr zu vereinfachen und ihnen dadurch eine Form zu geben, bei der nur das äußere Tatsachenmaterial auf dem Papier zum Ausdruck kam, also seine eigene persönliche Auffassung völlig ausgeschaltet wurde und vor allen Dingen alle erforderlichen Formalitäten gewahrt blieben. Denn dies war damals eine neue Materie. Und er war einer der ersten, die praktisch die Anwendung der Gesetze des Jahres 1864 in die Tat umsetzten.

Nachdem Iwan Iljitsch in die neue Stadt als Untersuchungsrichter übergesiedelt war, knüpfte er neue Bekanntschaften und Verbindungen an, schuf sich eine neue Position und nahm zu diesem Zwecke einen etwas anderen Umgangston an. Er verstand es, sich in einer gewissen achtunggebietenden Entfernung von der Gouvernementsobrigkeit zu halten, und er wählte für seinen Umgang die besten Kreise der Gerichtsbeamten und reichen Edelleute, die in jener Stadt lebten; er verfiel dabei unwillkürlich in den Ton einer leichten Unzufriedenheit mit der Regierung, einer gemäßigten Liberalität und zivilisierten Staatsbürgerlichkeit. Außerdem hörte Iwan Iljitsch, ohne in seiner neuen Stellung die Eleganz seiner Toilette zu ändern, jetzt auf, das Kinn auszurasieren, sondern ließ seinem Bart Freiheit zu wachsen, wie er wollte.

Auch in der neuen Stadt fügte sich Iwan Iljitschs Leben sehr angenehm: die Gesellschaft, die ein wenig gegen den Gouverneur frondierte, war gut und wohlgesinnt; sein Gehalt war größer geworden, und außerdem brachte auch der Whist, den Iwan Iljitsch um diese Zeit zu spielen lernte, nicht wenig Annehmlichkeiten; hatte er doch die Fähigkeit, beim Kartenspiel stets aufgeräumt zu sein und schnell und sicher zu erfassen, so dass er im Grunde genommen meist im Gewinn war.

Nachdem Iwan Iljitsch in der neuen Stadt zwei Jahre hindurch sein Amt versehen hatte, begegnete er seiner zukünftigen Gemahlin. Praskowja Fjodorowna Michel war das alleranziehendste, klügste und blendendste junge Mädchen des Kreises, in welchem Iwan Iljitsch verkehrte. Und so hatte Iwan Iljitsch unter den anderen Vergnügungen und Erholungen von seiner Tätigkeit als Untersuchungsrichter alsbald gewissermaßen spielerische und lustige Umgangsformen mit Praskowja Fjodorowna gefunden.

Als Iwan Iljitsch noch Beamter für besondere Aufträge gewesen, hatte er viel getanzt; da er nunmehr Untersuchungsrichter geworden war, tanzte er nur noch ausnahmsweise. Jetzt tanzte er sozusagen nur noch mit dem Hintergedanken: er sei zwar ein Beamter der neuen Institutionen und in der fünften Rangklasse, doch sobald es sich um das Tanzen handle, könne er leicht beweisen, dass er auch dieses besser als die anderen verstünde. So tanzte er zuweilen gegen Schluss des Abends mit Praskowja Fjodorowna, und es waren vermutlich wohl in der Hauptsache diese Tänze, die Praskowja Fjodorowna besiegten. Sie verliebte sich schließlich in ihn. Eigentlich hatte Iwan Iljitsch keineswegs den klaren und bestimmten Wunsch gehabt zu heiraten, indes als er sah, dass das junge Mädchen in ihn verliebt war, tauchte diese Frage unwillkürlich in ihm auf. ›In der Tat, warum nicht heiraten?‹ sprach er zu sich selber.

Fräulein Praskowja Fjodorowna entstammte einem guten adligen Geschlecht und war recht hübsch; außerdem war auch ein kleines Vermögen vorhanden. Iwan Iljitsch hätte zwar eine viel bessere Partie machen können, allein auch diese war eine gute Partie zu nennen. Zudem hatte ja Iwan Iljitsch sein Gehalt und hegte insgeheim die Hoffnung, dass ihre Mitgift den gleichen Betrag ergeben würde. Die Verwandtschaft war nicht übel; und sie selber war eine liebe, hübsche und durch und durch anständige junge Dame. Es wäre freilich unberechtigt gewesen, wenn man hätte sagen wollen, Iwan Iljitsch habe lediglich deswegen geheiratet, weil er seine Braut liebgewonnen und in ihr eine Übereinstimmung mit seinen eigenen Anschauungen gefunden hätte, andererseits dagegen wäre es genauso falsch gewesen zu sagen, er habe geheiratet, nur weil die Leute seines Kreises diese Partie billigten. Denn Iwan Iljitsch heiratete, indem er diesen beiden Überlegungen folgte: indem er diese Frau gewann, erwies er sich selber etwas Gutes und tat gleichzeitig hiermit das, was die höhergestellten Personen für richtig hielten.

Und so heiratete denn Iwan Iljitsch.

Der Vorgang der Eheschließung selber und die erste Zeit des ehelichen Lebens mit seinen Vertraulichkeiten, den neuen Möbeln, dem neuen Geschirr, der neuen Wäsche verlief bis zur Schwangerschaft der Frau sehr gut, so dass Iwan Iljitsch schon zu denken begann, die Ehe würde keineswegs nicht nur den Stil eines leichten, angenehm heiteren, stets wohlanständigen und von der Gesellschaft gebilligten Daseins zerstören (dieser Stil gehörte nach Iwan Iljitschs Auffassung allgemein zum Leben), sondern wohl noch vertiefen. Allein schon in den ersten Monaten der Schwangerschaft der Frau trat etwas Neues, Unerwartetes und Unangenehmes auf, das drückend war und unschicklich, das man unmöglich hatte voraussehen können und das man dennoch auf keine Weise loswerden konnte.

Denn ganz ohne alle Gründe, so schien es wenigstens Iwan Iljitsch, begann seine Frau de gaité de cœur*, wie er es insgeheim nannte, die Annehmlichkeit und Schicklichkeit des Lebens zu zerstören: ohne jede Ursache konnte sie auf ihn eifersüchtig werden, sie forderte unentwegt von ihm, er solle ihr den Hof machen, fand stets etwas heraus, um ihm Anzüglichkeiten zu sagen, und machte ihm die hässlichsten und gröbsten Szenen.

Anfangs hoffte Iwan Iljitsch zwar noch, sich dem Peinlichen dieser Lage durch die gleiche leichte und schickliche Beziehung zum Leben zu entziehen, die ihm früher schon so oft hinausgeholfen – er versuchte, die Gemütsverfassung seiner Frau zu ignorieren und genauso wie vormals leicht und angenehm weiterzuleben: er lud seine Freunde zu einer Partie Whist ein und versuchte sogar, selber in den Klub oder zu Freunden zu gehen. Eines Tages aber bekam er aus diesem Grunde von seiner Frau mit solcher Energie grobe Worte zu hören, und sie fuhr fort, ihn jedesmal, wenn er ihre Forderungen nicht erfüllte, so grob anzufahren, dass Iwan Iljitsch aufs äußerste erschrak, da er bemerkte, dass sie augenscheinlich fest entschlossen war, so lange damit fortzufahren, bis er sich ihr unterworfen hätte, das heißt, zu Hause sitzen und sich langweilen würde, ganz wie sie. Er begriff, dass das eheliche Leben – zumindest das Leben mit seiner Frau – nicht immer mit den Annehmlichkeiten und der Schicklichkeit des Lebens in Übereinstimmung zu bringen sei, sondern dass es im Gegenteil diese häufig zerstöre und dass es daher unumgänglich notwendig sei, sich vor solchen Zerstörungen zu sichern. Und so begann Iwan Iljitsch nach einem Mittel zu suchen, dies zu erreichen. Der Dienst war das einzige, was Praskowja Fjodorowna impo-

* (frz.) mutwillig.

nierte, und so schickte sich Iwan Iljitsch mittels des Dienstes und der diesem entspringenden Pflichten mit seiner Frau zu kämpfen an, um sich seine eigene unabhängige Welt zu gewinnen.

Als das erste Kind zur Welt kam, was zunächst allerlei Versuche, es zu nähren, und unterschiedliche Misserfolge dabei nach sich zog, und als die wirklichen und die eingebildeten Krankheiten der Mutter und des Säuglings an die Reihe kamen, bei denen von Iwan Iljitsch Teilnahme verlangt wurde, obwohl er nichts davon zu verstehen vermochte, wurde für Iwan Iljitsch die Notwendigkeit, sich eine eigene Welt außerhalb der Familie abzugrenzen, nur noch zwingender.

Denn je reizbarer und anspruchsvoller seine Frau wurde, desto nachdrücklicher verlegte Iwan Iljitsch das Schwergewicht seines Lebens auf den Dienst. Und nach und nach gewann er seine Diensttätigkeit immer lieber und wurde schließlich auch ehrgeiziger, als er es je vorher gewesen.

Bald schon, es war noch kein Jahr seit der Hochzeit verstrichen, erkannte Iwan Iljitsch, dass das eheliche Leben, trotz der Bequemlichkeiten, die es mit sich brachte, im Grunde eine ungemein komplizierte und drückende Sache sei und dass man, um auch hierin seine Pflicht zu erfüllen, das heißt, um ein anständiges und von der Gesellschaft gebilligtes Leben zu führen, sich dafür ganz bestimmte Normen setzen müsse, ganz so wie im Dienst.

Und Iwan Iljitsch verstand es, sein eheliches Leben diesen Normen zu unterwerfen. Von seinem Familienleben verlangte er nur noch die üblichen Bequemlichkeiten der häuslichen Tafel, der Hausfrau, des Bettes, wie sie eben in der Natur der Dinge lagen, vor allem aber den Anstand der äußeren Formen, wie sie von der öffentlichen Meinung festgesetzt worden waren. In allem übrigen suchte er nur noch heitere Annehmlichkeiten und das Schickliche und war, wenn er sie fand, sehr dankbar dafür; wenn er jedoch auf Widerstand und Murren stieß, so flüchtete er alsbald in seine besondere abgegrenzte Welt des Dienstes und fand auch darin genug Annehmlichkeit.

Man schätzte Iwan Iljitsch allgemein als einen guten und tüchtigen Beamten, und darum wurde er nach drei Jahren zum Gehilfen des Staatsanwaltes ernannt. Die neuen Pflichten und ihre Bedeutung, die Möglichkeit, einen jeden vor Gericht zu stellen und in den Kerker zu bringen, die Reden in der Öffentlichkeit und der Erfolg, den Iwan Iljitsch in seinem neuen Amt hatte, fesselten ihn nur noch mehr an den Dienst.

Es kamen weitere Kinder. Die Frau wurde immer knurriger und bösartiger, allein die von Iwan Iljitsch für das häusliche Leben festgesetzten Normen machten ihn für die Knurrigkeit fast unempfindlich.

Nachdem Iwan Iljitsch sieben Jahre lang in dieser Stadt gedient, ernannte man ihn zum Staatsanwalt in einem anderen Gouvernement. So siedelten sie denn über, aber das Geld wollte nicht reichen, und der Frau gefiel der Ort nicht, wohin sie geraten waren. Zwar war das Gehalt höher als das vorige, andererseits jedoch war das Leben dort teurer: außerdem starben zwei der Kinder, und so kam es, dass das Familienleben für Iwan Iljitsch noch unangenehmer wurde.

Wegen all des Ungemaches, das ihnen an diesem neuen Ort zustieß, machte Praskowja Fjodorowna ihrem Mann Vorwürfe. Worüber Mann und Frau auch miteinander sprachen, insbesondere, wenn es sich um die Erziehung der Kinder handelte, alles brachte die beiden auf Fragen, die sie an gewesene Streitigkeiten erinnern mussten, und so war jeden Augenblick der Anlass für einen neuen Streit gegeben. Eine Ausnahme bildeten lediglich die seltenen Perioden von Verliebtheit, die zuweilen über die Ehegatten kamen, doch niemals lange dauerten. Dies waren kleine Inseln, an denen sie für kurze Zeit landeten, um immer wieder bald darauf ins Meer verbissener Feindschaft zu stechen, die sich in einer ständig wachsenden Entfremdung ausdrückte. Diese Entfremdung hätte für Iwan Iljitsch sehr bitter sein können, wenn er der Ansicht gewesen wäre, dass es sich so nicht gehörte, allein er war bereits so weit, dass er diesen Zustand schon jetzt nicht nur als völlig normal, sondern sogar als das Ziel ansah, das er in seinem Haus erstreben wollte. Denn sein Ziel bestand ja darin, sich immer mehr und mehr von diesen Unannehmlichkeiten zu befreien und dafür zu sorgen, dass sie unschädlich würden und die Gesetze der Schicklichkeit nicht verletzten; und zwar erreichte er dieses damit, dass er seinen Umgang mit seiner Familie mehr und mehr einschränkte, wenn er aber gezwungenermaßen mit ihr zusammen sein musste, versuchte er seine Lage dadurch zu erleichtern, dass er die Anwesenheit unbeteiligter Personen herbeiführte. Das Wesentliche für Iwan Iljitsch war nun einmal der Dienst geworden. Hier, in seiner Dienstsphäre, konzentrierte sich für ihn sein ganzes Lebensinteresse. Dieses Interesse füllte ihn ganz aus. Das Bewusstsein der eigenen Macht, die Möglichkeit, jeden Menschen ins Verderben stürzen zu können, den ins Verderben zu stürzen er gewillt war, der Respekt, den man ihm entgegenbrachte, wenn er den Gerichtshof betrat oder seinen Untergebenen begegnete, der Erfolg bei seinen Vorgesetzten und Untergebenen und vor allem die Meisterschaft, mit der er sein Amt versah und die er ja fühlen musste – all das freute ihn und füllte neben den Gesprächen mit seinen Kollegen, den Diners und dem Whist sein Leben aus. Und so verlief nun das Leben von Iwan Iljitsch im allgemeinen so, wie es nach seinem Willen verlaufen musste: angenehm und geziemend.

Auf diese Weise verbrachte er noch sieben Jahre. Die älteste Tochter war bereits sechzehn Jahre alt geworden, ein weiteres Kind war inzwischen gestorben, und außer der Tochter war nur noch ein Junge da, ein Gymnasiast, das Objekt ständigen Haders. Iwan Iljitsch hatte ihn eigentlich die Rechtsschule besuchen lassen wollen, allein Praskowja

Fjodorowna steckte ihn zum Trotz ins Gymnasium. Die Tochter bekam häuslichen Unterricht und wuchs gut heran, der Knabe lernte ebenfalls nicht schlecht.

3

Auf diese Weise waren in Iwan Iljitschs Leben seit seiner Hochzeit siebzehn Jahre verstrichen. Er war inzwischen ein alter Staatsanwalt geworden und hatte schon mehrere Versetzungen abgelehnt, da er immer noch auf einen erstrebenswerteren Posten wartete, allein da stieß ihm plötzlich und unverhofft etwas Unangenehmes zu, das die Ruhe seines Daseins ganz und gar zerstörte. Iwan Iljitsch hatte eigentlich den Posten eines Gerichtsvorsitzenden in einer Universitätsstadt erwartet, indes Hoppe war ihm zuvorgekommen und erhielt den Platz. Iwan Iljitsch wurde hierdurch reizbar, er machte Hoppe Vorwürfe und verzankte sich schließlich mit ihm und seinen näheren Vorgesetzten; die Folge davon war, dass man gegen ihn kühler wurde und ihn bei der nächsten Ernennung ebenfalls überging.

Dies geschah im Jahre 1880. Es war das schwerste Jahr in Iwan Iljitschs Leben. Denn in diesem Jahre musste er die Feststellung machen, dass einerseits sein Gehalt nicht zu seinem Leben ausreichte und dass andererseits alle ihn vergessen hatten und dass das, was ihm in Beziehung auf seine eigene Person als die allergrößte und grausamste Ungerechtigkeit erschien, von den anderen als die allernatürlichste Sache angesehen wurde. Sogar sein Vater hielt es nicht für notwendig, ihm zu helfen. Er spürte nur zu sehr, dass alle ihn aufgegeben hatten und seine Position mit dreitausendfünfhundert Rubeln Gehalt für völlig normal, ja sogar für angenehm hielten. Und er allein wusste, dass bei diesem Bewusstsein all der Ungerechtigkeiten, die ihm zugefügt worden waren, bei dem ewigen Keifen seiner Frau und bei den Schulden, die zu machen er begonnen hatte, da er über seine Mittel lebte, er allein wusste, dass seine Lage unter diesen Begleitumständen weit davon entfernt war, normal zu sein.

Im Sommer dieses Jahres nahm er, um seine Ausgaben zu verringern, Urlaub und fuhr mit seiner Frau aufs Land, da er den Sommer auf dem Gute eines Bruders von Praskowja Fjodorowna zu verbringen gedachte.

Allein Iwan Iljitsch war es auf dem Lande und ohne seine gewohnte Tätigkeit nicht nur zum ersten Mal in seinem Leben namenlos langweilig, sondern es kamen auch unerträgliche Beklemmungen über ihn, und er sah bald ein, dass es unmöglich war, so weiterzuleben, und dass es unumgänglich notwendig sei, zu energischen Maßnahmen zu greifen.

Nachdem Iwan Iljitsch eine schlaflose Nacht auf der Terrasse auf und ab gehend verbracht, entschloss er sich, nach Petersburg zu fahren, um dort seine Sache zu betreiben und in ein anderes Ministerium überzugehen, weil er jene bestrafen wollte, die ihn nicht zu schätzen gewusst hatten.

Und tags darauf fuhr er, obwohl ihm seine Frau und sein Schwager abrieten, nach Petersburg.

Er hatte nur einen Gedanken dabei: er wollte einen Posten mit fünftausend Rubeln Gehalt haben. Es war ihm gleich, in welchem Ministerium, in welcher Richtung oder in welcher Tätigkeit. Er wollte nichts als einen Posten mit fünftausend, gleichviel, ob in der Verwaltung, in einer Bank, bei der Eisenbahn, bei den Institutionen der Kaiserin Maria, ja, sogar gleichviel, ob der Posten beim Zoll war, wichtig war nur, dass es fünftausend waren und dass er unter allen Umständen aus dem Ministerium hinauswollte, in welchem man ihn nicht zu schätzen gewusst hatte.

Diese Reise Iwan Iljitschs wurde von einem erstaunlichen, einem völlig unerwarteten Erfolge gekrönt. Schon in Kursk stieg zu ihm ein gewisser F. S. Iljin in die erste Klasse, mit dem er bekannt war, und teilte ihm den Inhalt eines soeben eingetroffenen Telegramms mit, an den Gouverneur von Kursk gerichtet, laut welchem in den nächsten Tagen im Ministerium eine große Umwälzung stattfinden solle: an Stelle von Pjotr Iwanowitsch sollte Iwan Semjonowitsch ernannt werden.

Die voraussichtliche Umwälzung hatte außer ihrer allgemeinen Bedeutung für das Russische Reich auch noch eine besondere Bedeutung für Iwan Iljitsch, weil dadurch eine neue Persönlichkeit, Pjotr Petrowitsch, und somit augenscheinlich wohl auch sein Freund Sachar Iwanowitsch in den Vordergrund gerückt wurden, was für Iwan Iljitsch in hohem Maße günstig war. Denn Sachar Iwanowitsch war nicht nur ein Kollege, sondern auch ein Freund von Iwan Iljitsch.

In Moskau bestätigte sich die Nachricht. Und als Iwan Iljitsch in Petersburg angekommen war, suchte er Sachar Iwanowitsch auf und erhielt die feste Zusage eines Postens in seinem alten Justizministerium.

Eine Woche darauf telegrafierte er seiner Frau: »Sachar an Millers Platz, beim ersten Vortrag erhalte Ernennung.«

Dank diesem Wechsel der Personen kam Iwan Iljitsch in seinem alten Ministerium auf einen Posten, auf dem er seine Kollegen nicht nur um zwei Grade überflügelte, sondern auch fünftausend Rubel Gehalt und dreitausendfünfhundert Rubel Umzugszulage erhielt. Sein ganzer Ärger über seine früheren Feinde und über das gesamte Ministerium war vergessen, und Iwan Iljitsch war jetzt völlig glücklich.

Heiter und zufrieden, wie er es lange nicht mehr gewesen, kehrte Iwan Iljitsch aufs Land zurück. Praskowja Fjodorownas Stimmung wurde ebenfalls sichtlich heiterer, und zwischen beiden kam ein Waffenstillstand zustande. Iwan Iljitsch erzählte, wie man ihn in Petersburg gefeiert hätte und wie alle, die seine Feinde gewesen, jetzt blamiert seien und vor ihm gekrochen wären und wie man ihn jetzt allgemein um seine Stellung beneide, insbesondere aber erzählte er immer wieder, wie sehr ihn alle in Petersburg geschätzt hätten.

Praskowja Fjodorowna hörte seine Schilderungen an und gab sich den Anschein, als glaube sie alles. Sie widersprach ihm in keiner Sache, sondern war vollauf damit beschäftigt, Pläne zu schmieden, wie sie ihr Leben in jener Stadt, in die sie übersiedeln mussten, einrichten wollten. Und Iwan Iljitsch bemerkte voller Freude, dass ihre Pläne seine Pläne waren, dass sie diesmal übereinstimmten und dass sein ins Stocken geratenes Leben aufs neue den wirklichen und ihm eigenen Charakter heiterer Liebenswürdigkeiten und Schicklichkeit annehmen wollte.

Iwan Iljitsch kam nur auf kurze Zeit. Denn am 10. September musste er bereits sein neues Amt übernehmen, und er brauchte außerdem eine gewisse Zeit, um sich am neuen Ort einzurichten, die Übersiedlung aus der Provinz zu vollziehen und allerlei hinzuzukaufen und zu bestellen; mit einem Wort, er brauchte Zeit, sich so einzurichten, wie er es im Geiste beschlossen, und fast auf ein Haar genauso wie es Praskowja Fjodorowna in ihrem Innern beschlossen hatte.

Jetzt, da sich alles so glücklich gefügt hatte und beide, Mann und Frau, in ihren Zielen übereinstimmten und sich nur noch selten sahen, kamen sie einander so nahe, wie sie sich seit den ersten Jahren ihres ehelichen Lebens nicht nahe gekommen waren. Iwan Iljitsch beabsichtigte eigentlich, seine Familie sogleich mitzunehmen, jedoch die Vorstellungen der Schwester und des Schwagers, die mit einem Male besonders liebenswürdig und verwandtschaftlich zu Iwan Iljitsch waren, bewirkten, dass Iwan Iljitsch allein abreiste.

Iwan Iljitsch reiste ab, und die heitere Gemütsverfassung, verursacht durch den Erfolg und die Eintracht mit seiner Frau, was beides einander gegenseitig nur noch verstärkte, verließ ihn die ganze Zeit über nicht. Bald darauf fand sich auch eine reizende Wohnung, die genau das war, wovon die beiden geträumt hatten. Geräumige und hohe Empfangszimmer im alten Geschmack, ein großartiges und bequemes Kabinett, Zimmer für Frau und Tochter, ein

Schulzimmer für den Sohn, alles, als wäre es eigens für sie erdacht worden. Iwan Iljitsch gab sich selbst mit der Einrichtung ab, er wählte die Tapeten aus, kaufte Möbel hinzu, zumal alte Stücke, die er besonders geschmackvoll auffrischen ließ, er suchte persönlich die Stoffe aus, und so wuchs alles und näherte sich immer mehr jenem Ideal, das er sich gebildet hatte. Als er etwa zur Hälfte eingerichtet war, fand er seine Erwartungen bereits übertroffen. Er sah schon jetzt den geschmackvollen, eleganten und keineswegs kitschigen Charakter des Ganzen vor Augen, den alles annehmen musste, wenn es fertig sein würde. Wenn er einschlief, liebte er es, sich den Saal vorzustellen, wie er einmal sein würde. Wenn er den noch nicht fertigen Salon betrachtete, dann sah er geradezu auch den Kamin schon, den Schirm davor, die Etagere und all die Stühlchen, im ganzen Zimmer verstreut, die Teller und die Tassen an den Wänden und all die Bronzen, wie sie an den verschiedenen Plätzen herumstehen würden. Der Gedanke, wie er Pascha und Lisa überraschen würde, die ebenfalls Freude an solchen Sachen hatten, machte ihm großen Spaß. Das konnten sie keineswegs erwarten. Es war ihm obendrein gelungen, alte Gegenstände aufzustöbern und billig zu kaufen, die dem Ganzen einen besonders vornehmen Charakter verliehen. In seinen Briefen stellte er alles absichtlich viel geringer dar, als es war, damit die Überraschung um so größer würde. Er war jetzt mit all dem so beschäftigt, dass ihn sogar sein neues Amt, obwohl er doch diese Tätigkeit liebte, weniger fesselte, als er es erwartet hatte. Bei den Sitzungen konnte es jetzt manchmal geschehen, dass Minuten der Zerstreutheit über ihn kamen, dann dachte er wohl darüber nach, welche Art Leisten man für die Gardinen nehmen solle, gerade oder geschweifte. All das beschäftigte ihn so sehr, dass er häufig selber mit Hand anlegte und sogar eigenhändig die Möbel umstellte und die Gardinen umhängte. Und einmal kletterte er persönlich auf eine Stehleiter, um dem Tapezierer, der ihn nicht gleich verstand, zu zeigen, wie er eine bestimmte

Drapierung haben wolle, allein er trat dabei fehl und wäre fast hingestürzt, wenn er nicht als ein kräftiger und gewandter Mann sich noch auf den Beinen gehalten hätte; freilich stieß er dabei mit der Seite an den Griff eines Fensterflügels. Die Stelle, an der er sich gestoßen hatte, tat weh, aber der Schmerz verging bald. Iwan Iljitsch fühlte sich in dieser ganzen Zeit besonders heiter aufgelegt und gesund. Er schrieb unter anderem: »Ich fühle mich, als wären mir die letzten fünfzehn Jahre geschenkt.« Er hatte eigentlich noch im September fertig werden wollen, allein es zog sich bis zur Mitte des Oktobers hin. Dafür wurde es allerdings einfach reizend, das sagte nicht nur er, sondern das sagten alle, die es sahen.

In Wahrheit war es freilich genau das gleiche, wie man es bei all den Leuten findet, die nicht reich genug sind, doch den Reichen gleichsehen wollen und aus dem Grunde lediglich einander gleichen: die Seidenstoffe, das schwarze Holz, die Blumen, Teppiche und Bronzen, Dunkel und Glanz, kurzum genau das gleiche, was alle Leute einer gewissen Art sich anzuschaffen pflegen, um allen Leuten einer gewissen Art ähnlich zu sehen. Und so war es auch bei ihm, denn die Ähnlichkeit war so groß, dass sie nicht einmal auffallen konnte; ihm jedoch kam seine Wohnung als etwas ganz Besonderes vor. Als er die Seinen vom Bahnhof abgeholt hatte und sie in die hellbeleuchtete, endlich fertig gewordene Wohnung brachte und der Kammerdiener mit weißer Krawatte die Tür des hübsch hergerichteten Vorzimmers öffnete und sie darauf in den Salon und ins Kabinett traten und vor Genugtuung aus einem Ach ins andere fielen, da war er sehr glücklich; er führte sie überall herum, sog ihr Lob in vollen Zügen ein und strahlte vor Befriedigung. Und als ihn Praskowja Fjodorowna am gleichen Abend, während sie ihren Tee tranken, unter anderem fragte, wie sich das eigentlich zugetragen hätte, als er damals gestürzt wäre, da lachte er nur und führte ihnen vor, wie er heruntergeflogen wäre und den Tapezierer erschreckt habe.

»Ich bin nicht umsonst ein so gewandter Turner. Jeder andere an meiner Stelle hätte sich den Hals gebrochen. Ich aber habe mich nur hier wund geschlagen; wenn man die Stelle anfasst, tut es noch weh, doch geht es schon vorüber; nichts als ein blauer Fleck.«

Und so lebten sie denn in ihrer neuen Wohnung, in der freilich, wie es immer zu sein pflegt, wenn man sich erst richtig eingelebt hat, leider ein Zimmer zu wenig war, und wirtschafteten mit ihren neuen Mitteln, die freilich, wie es immer zu sein pflegt, um ein geringes – vielleicht nur fünfhundert Rubel – nicht zu reichen schienen, und alles war sehr gut. Besonders hübsch war die erste Zeit, da noch nicht alles in der Einrichtung klappte und manches noch gerichtet werden musste: bald musste etwas gekauft, bald bestellt, bald umgestellt, bald in Ordnung gebracht werden. Und wenn es auch ab und zu gewisse Unstimmigkeiten zwischen den Ehegatten gab, so waren sie doch im allgemeinen zufrieden und hatten so viel zu tun, dass alles stets ohne größeren Streit vorüberging. Als es nichts mehr zu richten gab, wurde es allerdings ein wenig langweilig, und es war, als fehle etwas, doch da hatten sie schon allerlei Bekanntschaften gemacht, feste Gewohnheiten hatten sich eingebürgert, und das Leben war ausgefüllt.

Iwan Iljitsch begab sich am Vormittag aufs Gericht und kehrte erst zum Mittagessen zurück; während der ganzen Anfangszeit war seine Stimmung sehr gut, obwohl sie manchmal eben infolge der Wohnung getrübt wurde. (Jeder Fleck auf dem Tischtuch oder auf den Seidenstoffen, jede abgerissene Gardinenschnur konnte ihn ärgern: er hatte so viel Mühe auf die Einrichtung verwendet, dass ihm jede Zerstörung jetzt weh tat.) Alles in allem verlief das Leben Iwan Iljitschs jedoch so, wie seiner Ansicht nach ein Leben zu verlaufen hatte: leicht, angenehm und anständig. Er stand um neun auf, trank Kaffee und las die Zeitung, darauf zog er die Dienstuniform an und fuhr zum Gericht. Dort lag sein eingefahrenes Geschirr schon bereit, in dem er täglich seine Arbeit verrichten musste; in einem Nu war er darin. Es bestand aus dem Empfang von Bittstellern, Anfragen in der Kanzlei, den laufenden Kanzleigeschäften und Sitzungen, öffentlichen und Vorstandssitzungen. Bei all dem kam es darauf an, allem Unfertigen und Alltäglichen den Zugang zu verwehren, da hierdurch immer die Regelmäßigkeit des Laufes der dienstlichen Angelegenheiten gestört wurde: somit waren keinerlei Beziehungen mit Menschen, mit Ausnahme der dienstlichen, erlaubt, und es musste auch der Anlass zu diesen Beziehungen genauso dienstlich sein, wie eben die Beziehungen selber dienstlich zu sein hatten. Gesetzt, da schneie ein Mensch herein und wünschte etwas zu erfahren. Außerhalb seines Amtes wäre es undenkbar, dass Iwan Iljitsch mit diesem Menschen Beziehungen unterhalten könnte; wenn jedoch dieser Mensch zu ihm als dem Mitglied des Gerichtshofes eine Beziehung hatte, die mit der entsprechenden Aufschrift zu Papier zu bringen war, so tat Iwan Iljitsch im Rahmen dieser Beziehungen alles, aber auch absolut alles, was sich tun ließ, und verstand dabei dennoch den Schein menschlich-freundlicher Beziehungen, das heißt die Höflichkeit, aufrechtzuerhalten. Allerdings, wenn die dienstliche Beziehung geendet hatte, so war auch jede andere damit zu Ende. Iwan Iljitsch beherrschte die Kunst, das Dienstliche für sich zu behandeln, ohne es mit dem persönlichen Leben verschmelzen zu lassen, in so hohem Maße und hatte dies durch lange Praxis und ein besonderes Talent bis zu einem so hohen Grade entwickelt, dass er manchmal, wie ein wirklicher Virtuose, es sich sogar erlauben konnte, fast wie im Scherz menschliche und dienstliche Beziehungen ineinanderzumengen. Und zwar gestattete er sich das deswegen, weil er Kraft genug in sich fühlte, jederzeit, wann immer es ihm nötig schien, das Dienstliche für sich herauszuschälen und das Menschliche abzustreifen. Sein Amt übte Iwan Iljitsch nicht nur leicht, angenehm und schicklich aus, sondern sogar virtuos. In den Pausen pflegte er zu rauchen und Tee zu trinken; dann schwatzte er auch ein wenig über Politik, ein wenig von allgemeinen Dingen, ein wenig über Karten und in der Hauptsache über Beförderungen. Und kehrte schließlich müde, aber mit den Empfindungen eines Virtuosen, der glänzend seinen Part gespielt, und zwar eine der ersten Geigen im Orchester, nach Hause zurück. Und zu Hause war es dann immer so, dass Mutter und Tochter entweder ihre Vorbereitungen trafen, abends auszufahren, oder schon Besuch da war; der Sohn indes, der das Gymnasium besuchte, arbeitete mit dem Repetitor und lernte ordentlich all das, was man eben in Gymnasien lernt. Alles war in bester Ordnung. Nach dem Mittagessen las Iwan Iljitsch, wenn es keine Gäste gab, ab und zu wohl ein Buch, von dem gerade viel gesprochen wurde, abends aber pflegte er sich an seine Geschäfte zu machen, das heißt, er studierte die Akten, schlug in den Gesetzbüchern nach, verglich die Aussagen und suchte nach den entsprechenden Gesetzesanwendungen und Paragraphen. Das war für ihn weder langweilig noch heiter. Wenn er sich langweilte, dann bestand ja immer noch die Möglichkeit, sich zu einem Whist hinzusetzen, allein wenn es keinen Whist gab, so war dieses immerhin noch viel besser, als allein zu sein oder etwa mit seiner Frau. Wirklichen Spaß dagegen machten Iwan Iljitsch nur die kleinen Diners, zu denen er Damen und Herren zu bitten pflegte, die durch ihre gesellschaftliche Position besonders ausgezeichnet waren, ein Zeitvertreib also, der genau so der übliche Zeitvertreib dieser Leute war, wie sein Salon der übliche Salon aller war.

Einmal gaben sie sogar eine Abendgesellschaft, bei der getanzt wurde. Iwan Iljitsch war lustig, und alles war in bester Ordnung, allerdings gab es nachher mit der Frau einen Riesenstreit wegen der Torten und des Konfektes; denn gerade hierüber hatte sich Praskowja Fjodorowna ihre eigenen Gedanken gemacht, Iwan Iljitsch aber hatte darauf bestanden, alles beim teuersten Konditor zu nehmen, und hatte sehr viele Torten bestellt, und nun war der Streit darüber ausgebrochen, weil die Torten übriggeblieben waren und die Rechnung des Konditors fünfundvierzig Rubel betrug. Es war ein großer und ärgerlicher Streit, in dessen Verlauf Praskowja Fjodorowna ihrem Mann sogar Worte wie »Dummkopf« und »Säuerling« zurief. Und er griff sich an den Kopf und ließ zornig etwas von Scheidung verlauten. Dafür freilich war die Abendgesellschaft selbst sehr lustig gewesen. Die besten Leute waren dagewesen, und Iwan Iljitsch hatte mit der Fürstin Trufonowa getanzt, deren Schwester sich durch die Gründung der Gesellschaft »Lindere meinen Kummer« einen Namen gemacht hatte. Die Freuden im Dienst waren Freuden der Eigenliebe; die Freuden im gesellschaftlichen Leben waren Freuden der Eitelkeit; die wirklichen Freuden Iwan Iljitschs jedoch waren nur die Freuden des Whistspiels. Er gestand, dass ihm nach allem in seinem Leben, nach manchen wie immer gearteten unerfreulichen Ereignissen dennoch eine Freude geblieben sei, die wie ein Licht alles andere überstrahlte, die Freude, sich mit guten Spielern, die es nicht für notwendig hielten, ewig zu schreien, zu einer Partie Whist hinzusetzen, und zwar unbedingt zu einer Partie zu vieren (denn zu fünft ist es einem immer schwer, wenn man sich auch den Anschein geben mag, dass man es gern tue), und ein kluges und sachliches Spielchen zu machen (vorausgesetzt, dass die Karten gut sind) und darauf zu soupieren und ein Glas Wein zu trinken. Denn nach so einem Whist, zumal wenn ein kleiner Gewinst erzielt war (ein großer war peinlich), legte Iwan Iljitsch sich stets in der heitersten Gemütsverfassung schlafen. So lebten sie. Ihr Gesellschaftskreis bestand aus den allerbesten Familien, und es kamen nicht nur gesetzte Leute, sondern auch junge Leute zu ihnen.

In der Art und Weise, wie sie ihren Bekanntenkreis einschätzten, stimmten Mann, Frau und Tochter völlig überein und verstanden, ohne sich erst zu verabreden, mit völlig gleicher Geschicklichkeit sich von den verschiedenen Freunden und heruntergekommenen Verwandten zu befreien und sie sich vom Leibe zu halten, wenn diese mit allerhand Zärtlichkeiten in den Salon mit den japanischen Tellern an den Wänden hereinschneiten. Das Hereinschneien solcher heruntergekommenen Freunde wurde bald abgestellt, und nach und nach verkehrte bei den Golowins nur noch die allerbeste Gesellschaft. Die jungen Leute machten Lisa den Hof, und Petrischtschew, der Sohn von Dmitrij Iwanowitsch Petrischtschew und einziger Erbe von dessen Vermögen, ein junger Untersuchungsrichter, machte Lisa sogar so den Hof, dass Iwan Iljitsch sich veranlasst gesehen hatte, hierüber mit Praskowja Fjodorowna zu sprechen: ob es nicht geraten sei, eine Troikapartie mit den jungen Leuten zu machen oder vielleicht eine Liebhaberaufführung zu veranstalten. Ja, so lebten sie, und alles ging weiter, ohne sich viel zu verändern, und alles war in bester Ordnung.

4

Alle waren gesund. Denn das konnte man doch wohl nicht Krankheit nennen, wenn Iwan Iljitsch zuweilen erzählte, er hätte so einen sonderbaren Geschmack im Munde und eine unangenehme Empfindung in der linken Bauchgegend.

Allein mit der Zeit nahm diese unangenehme Empfindung an Stärke zu und verwandelte sich zwar nicht gerade in Schmerzen, doch in das Bewusstsein eines dauernden Drucks in der Seite, gefolgt von Übellaunigkeit. Diese Übellaunigkeit aber, die sich nach und nach immer mehr verstärkte, begann die neuerdings in der Familie der Golowins eingetretene Annehmlichkeit leichten und wohlanständigen Lebens zu beeinträchtigen. Immer häufiger kam es jetzt zwischen Mann und Frau zu Streitigkeiten, und schon bald darauf waren auch Leichtigkeiten und Annehmlichkeiten fort, und nur noch der Anstand blieb zurück, der mit großer Mühe aufrechterhalten wurde. Die Szenen nahmen wiederum zu. Und wiederum waren nur mehr kleine Inselchen übrig, an Zahl sehr gering, auf denen die beiden zusammenkommen konnten, ohne dass es dabei gleichzeitig zu Explosionen kam.

Und Praskowja Fjodorowna hatte jetzt gewiss Grund, wenn sie sagte, ihr Gatte habe einen schwierigen Charakter. Freilich fügte sie mit der ihr eigenen Gewohnheit, alles zu übertreiben, sogleich hinzu, dass er diesen entsetzlichen Charakter immer schon gehabt und dass sie nur vermöge ihrer Güte zwanzig Jahre lang das ertragen habe. Die Wahrheit zu sagen, gingen allerdings die Streitigkeiten jetzt von ihm aus. Meist begann sein Händelsuchen unmittelbar vor Tisch, und zwar gewöhnlich noch bei der Suppe, sobald er zu essen begann. Entweder bemerkte er, dass irgendein Geschirr angeschlagen war, oder ihm schmeckte die Speise nicht, bald war es der Sohn, der die Ellbogen auf den Tisch gelegt hatte, bald wieder die Frisur der Tochter. Und an allem sollte Praskowja Fjodorowna schuld sein. Anfangs widersprach Praskowja Fjodorowna und sagte ihm unfreundliche Dinge, allein nachdem er zweimal zu Beginn des Mittagessens vor Wut fast rasend geworden war, begriff sie, dass es sich um einen krankhaften Zustand, verursacht durch die Aufnahme von Nahrung, handeln müsse, und bezwang sich selber: sie widersprach nicht mehr, sondern war nur noch darauf aus, die Mahlzeit möglichst schnell vorübergehen zu lassen. Diese ihre Unterwürfigkeit rechnete Praskowja Fjodorowna sich als ein großes Verdienst an. Und da sie zur Überzeugung gekommen war, dass ihr Mann einen entsetzlichen Charakter habe und die Ursache ihres ganzen Unglücks sei, begann sie sich selber zu bemitleiden. Je mehr freilich sie sich bemitleidete, desto mehr hasste sie ihren Mann. Sie war jetzt manchmal soweit, zu wünschen, er möge sterben, und konnte es doch nicht wünschen, denn damit würde ja auch sein Gehalt fortfallen. Und das erbitterte sie nur noch mehr gegen ihn. Sie kam sich furchtbar unglücklich vor, weil nicht einmal sein Tod sie befreien konnte, und so wuchs ihre sorgfältig verborgen gehaltene Erbitterung; allein eben diese ihre verborgene Erbitterung nährte seine Reizbarkeit nur noch mehr.

Im Verlauf einer solchen Szene war Iwan Iljitsch ganz besonders ungerecht gewesen und hatte, nachdem sie vorüber war, zur Erklärung allerdings gesagt, dass er in der Tat sehr reizbar sei, doch dass dieses nur eine Folge seiner Krankheit wäre; darauf entgegnete sie ihm, wenn er krank sei, müsse er sich in Behandlung begeben, und sie verlangte daher von ihm, er solle sofort einen berühmten Arzt aufsuchen.

Das tat er. Es war alles, wie er es erwartet hatte; es war alles so, wie es immer geschieht. Sowohl das Warten als auch die gekünstelte Würde des Arztes, die ihm so gut bekannt war, denn es war ja die gleiche, die er im Gericht so oft an sich selber hatte wahrnehmen können; und dann das Abgeklopftwerden und das Abgehorchtwerden und alle die Fragen, die von vornherein feststehende und augenscheinlich völlig nutzlose Antworten erforderten, und der bedeutende Gesichtsausdruck, der ihm zu suggerieren schien: unterwerfen Sie sich nur ruhig uns, wir werden es schon in Ordnung bringen – wir stehen über jedem Zweifel, wir wissen, wie alles in Ordnung zu bringen ist, und zwar auf die gleiche Art bei jedem Menschen, wer immer es sei. Ja, es war alles genauso wie beim Gericht. Genau wie er sich bei Gericht dem Angeklagten gegenüber ein Ansehen zu geben pflegte, genauso gab sich der berühmte Arzt ihm gegenüber das gleiche Ansehen.

Der Arzt sagte: das und das weist darauf hin, dass in Ihrem Innern das und das vorgeht; wenn sich aber nach den Untersuchungen von dem und dem das nicht bestätigen sollte, so werden wir bei Ihnen das und das voraussetzen müssen. Wenn wir indes das und das voraussetzen, dann … und so weiter. Für Iwan Iljitsch dagegen gab es nur eine einzige Frage von Bedeutung: ob seine Lage gefährlich sei oder nicht? Der Arzt jedoch ignorierte diese unangebrachte Frage. Denn vom Gesichtspunkt des Arztes aus beurteilt, war diese Frage müßig und stand keineswegs zur Diskussion; für ihn gab es nur ein Gegeneinanderabwägen der Wahrscheinlichkeiten – Wanderniere, chronischer Katarrh, Blinddarmentzündung. Die Frage nach dem Leben Iwan Iljitschs existierte nicht, es gab nur einen Streit zwischen Wanderniere und Blinddarm, und zwar entschied der Arzt diesen Streit vor Iwan Iljitschs Augen auf glänzende Weise zugunsten des Blinddarms, freilich mit der Einschränkung, dass eine Untersuchung des Harns neue Beweisstücke liefern könnte und dass dann der ganze Fall einer Revision unterzogen werden müsste. All das war aufs Haar das gleiche, was Iwan Iljitsch selber schon an die tausend Male auf die glänzendste Weise mit Angeklagten getan hatte. Denn auf dieselbe glänzende Weise zog der Arzt seine Folgerung und schaute triumphierend, ja sogar fast heiter den Angeklagten über die Brille weg an. Iwan Iljitsch aber konnte aus der Folgerung des Arztes nur den einen Schluss ziehen, dass es schlecht stünde, dass dies jedoch dem Arzt und vielleicht sogar allen gleichgültig sei; um Iwan Iljitsch aber stünde es jedenfalls schlecht. Diese Schlussfolgerung erregte Iwan Iljitsch krankhaft und rief in ihm ein Gefühl großen Mitleides mit sich selber hervor, doch auch heftigen Zorn gegen den Arzt, der sich dieser wichtigen Frage gegenüber so gleichgültig verhielt.

Allein er erwiderte nichts, erhob sich, legte das Geld auf den Tisch und sagte seufzend: »Wir Kranke pflegen Ihnen gewiss häufig unangebrachte Fragen zu stellen. Unter uns, ist die Krankheit gefährlich oder nicht? …«

Streng blickte ihn der Arzt mit einem Auge durch die Brille an, als wollte er sagen: Angeklagter, wenn Sie sich nicht in den Grenzen der an Sie gerichteten Fragen halten wollen, so werde ich mich gezwungen sehen anzuordnen, dass Sie aus dem Sitzungssaal entfernt werden.

»Das, was ich für notwendig und angezeigt hielt, habe ich Ihnen bereits mitgeteilt«, entgegnete der Arzt. »Weiteres wird die Untersuchung ergeben.« Und der Arzt verneigte sich.

Iwan Iljitsch schritt langsam hinaus, setzte sich niedergeschlagen in den Schlitten und fuhr heim. Während der Fahrt überlegte er ununterbrochen alles, was der Arzt gesagt, und gab sich die größte Mühe, dessen verwickelte und unklare wissenschaftliche Ausdrücke in eine einfache Sprache zu übersetzen, um in ihr die Antwort auf seine Frage lesen zu können: ob es schlecht stehe oder ob es vielleicht noch nichts Ernstliches sei? Und der Sinn alles dessen, was der Arzt gesprochen, schien ihm, dass es sehr schlecht stünde. Was immer Iwan Iljitsch auf der Straße sah, schien ihm bekümmert zu sein. Die Droschkenkutscher waren bekümmert, die Häuser waren bekümmert, doch auch die Vorübergehenden und die Läden waren bekümmert. Und der Schmerz, dieser dumpfe, bohrende Schmerz, der nicht eine Sekunde lang nachlassen wollte, schien in Verbindung mit den unbestimmten Reden des Arztes jetzt eine neue und viel ernsthaftere Bedeutung zu erhalten. Mit einem neuen und schweren Empfinden begann Iwan Iljitsch ihn jetzt zu belauern.

Zu Hause erzählte er es seiner Frau. Die Frau hörte ihm zu, allein noch während er im Erzählen war, trat die Tochter im Hut ein: sie hatte sich fertig gemacht, um mit der Mutter auszufahren. Mit großer Überwindung nahm sie Platz, um ebenfalls die Langeweile über sich ergehen zu lassen, jedoch sie hielt es nicht lange aus, und auch die Mutter hörte ihn nicht erst bis zu Ende an.

»Da bin ich aber recht froh«, sagte die Frau, »nun denk jedoch auch du dran und nimm regelmäßig deine Medizin ein. Gib mir das Rezept, ich werde Gerassim zur Apotheke schicken.« Und damit verließ sie ihn, um sich umzukleiden.

Er hielt den Atem an, solange sie noch im Zimmer war, indes als sie das Gemach verlassen hatte, schöpfte er tief Luft.

»Na schön«, sagte er. »Es kann ja sein, dass es in der Tat noch nichts ist.«

Und nun begann er damit, die Medizin einzunehmen und die Vorschriften des Arztes zu befolgen, die sich allerdings infolge der Harnuntersuchung geändert hatten. Denn es stellte sich heraus, dass bei dieser Untersuchung und bei dem, was auf sie zu folgen hatte, eine Konfusion unterlaufen war. An den Arzt selber kam man nicht heran, der Erfolg war aber, dass das, was der Arzt ihm gesagt hatte, nicht geschah. Entweder hatte er es vergessen, oder er hatte ihn angeschwindelt oder ihm irgend etwas verheimlicht. Trotzdem fuhr Iwan Iljitsch fort, die Vorschriften genau zu befolgen und fand in der ersten Zeit in ihrer Befolgung einen gewissen Trost.

Seit jener Zeit, da Iwan Iljitsch den Arzt aufgesucht, war die genaue Befolgung der Vorschriften des Arztes über Hygiene und das Einnehmen der Medizin zu seiner Hauptbeschäftigung geworden, freilich auch die Beobachtung seiner eigenen Schmerzen und aller Verrichtungen seines Organismus. Iwan Iljitschs Hauptinteresse wandte sich menschlichen Krankheiten und dem menschlichen Gesundheitszustande zu. Wenn man in seiner Gegenwart von Kranken, von Verstorbenen oder Wiedergenesenen sprach, und insbesondere wenn man von einer Krankheit sprach, die der seinen ähnelte, dann horchte er, seine Erregung verbergend, auf, fragte die Betreffenden aus und versuchte, was er vernahm, seiner Krankheit anzupassen.

Der Schmerz ließ nicht nach; allein Iwan Iljitsch machte die größten Anstrengungen, um sich selber zu überzeugen, dass ihm besser sei. Und es gelang ihm auch, solange ihn nichts erregte, sich selber zu täuschen. Sobald es aber Unannehmlichkeiten mit der Frau gab, einen Misserfolg im Amt oder schlechte Karten beim Whist, dann fühlte er sogleich die ganze Macht seiner Krankheit: früher hatte er solche Misserfolge leicht überstanden, in der Hoffnung, es könnte ja nicht lange dauern und er würde das Schlimme in Ordnung bringen und bekämpfen, und der Erfolg könnte nicht ausbleiben, der große Schlemm wie beim Whist; jetzt aber warf ihn jeder Misserfolg gleich um und stürzte ihn in Verzweiflung. Dann pflegte er zu sich selber zu sprechen:

da fing es eben an, mir besser zu gehen, und die Arznei begann schon zu wirken, und nun kommt dieses verdammte Unglück oder diese Unannehmlichkeit ... Und dann wütete er über das Unglück oder über die Leute, die ihm Unannehmlichkeiten bereiteten und ihn dadurch mordeten, und fühlte dabei, dass eben diese Wut ihn hinmordete; allein es war ihm unmöglich, sie niederzuzwingen. Man sollte meinen, es hätte ihm klar sein müssen, dass seine Wut über Zustände und Menschen seine Krankheit nur noch verschlimmerte und dass er darum den unangenehmen Zufällen keinerlei Beachtung schenken dürfe; er aber zog völlig entgegengesetzte Schlüsse: er sagte, dass ihm Ruhe vonnöten sei und passte scharf auf alles auf, was geeignet sein konnte, seine Ruhe zu stören, und geriet bei der geringsten Störung sofort in den reizbarsten Zustand. Seine Lage wurde außerdem noch dadurch verschlimmert, dass er sich mit der Lektüre medizinischer Bücher abgab und verschiedene Ärzte zu Rate zog. Die Verschlimmerung nahm einen so gleichmäßigen Verlauf, dass es ihm ab und zu gelang, sich selber zu betrügen, indem er seinen Zustand mit dem des vorangegangenen Tages verglich, denn da waren keinerlei nennenswerte Unterschiede zu gewahren. Wenn er sich dann aber mit den Ärzten beriet, dann schien es ihm immer schlimmer zu werden, und zwar sehr schnell. Trotzdem zog er immer wieder neue Ärzte zu Rate.

In diesem Monat suchte er noch eine weitere Berühmtheit auf; und diese andere Berühmtheit sagte fast das gleiche wie die erste und wich nur in der Fragenstellung ein wenig ab. Die Ratschläge dieser Berühmtheit vertieften Iwan Iljitschs Zweifel und vergrößerten seine Angst. Außerdem war da noch ein Freund eines seiner Freunde, der als sehr guter Arzt galt, und dieser stellte eine völlig neue Diagnose, indes er verwirrte Iwan Iljitsch mit seinen Fragen und Vermutungen vollends und verstärkte, obwohl er ihn zu kurieren versprach, seine Zweifel nur noch mehr. Ein Homöopath wurde ferner zugezogen, und der nannte die Krankheit wiederum anders und verschrieb besondere Arzneien, die von Iwan Iljitsch insgeheim eine Woche lang eingenommen wurden. Als er jedoch nach einer Woche noch immer keine Erleichterung verspürte, verlor er endgültig das Vertrauen, sowohl zu den vorhergegangenen Heilmethoden wie auch zu dieser jetzigen, und seine Stimmung wurde noch gedrückter als zuvor. Eines Tages erzählte eine Bekannte von einer Heilung durch Heiligenbilder. Und Iwan Iljitsch ertappte sich dabei, dass er aufmerksam zuhörte und die Wahrscheinlichkeit des Geschehnisses gar nicht erst bezweifelte. Dieser Vorfall erschreckte ihn. ›Haben meine geistigen Fähigkeiten wirklich schon so nachgelassen?‹ fragte er sich. ›Dummes Zeug! Alles Unsinn; man soll nicht misstrauisch sein, sondern, wenn man einmal einen Arzt gewählt hat, sich streng an dessen Vorschriften halten. So will ich es von nun an halten. Schluss. Ich will nicht länger nachdenken und werde bis zum Sommer mit aller Strenge die Vorschriften durchführen. Dann wird man ja sehen. Und jetzt Schluss mit diesen Zweifeln! ...‹ Das war leicht gesagt, aber unmöglich auszuführen. Der peinigende Schmerz in der Seite wollte nicht nachlassen, es war fast, als nähme er zu und als wollte er sich festsetzen, der Geschmack jedoch, den er im Munde hatte, wurde immer sonderbarer – ja, es kam ihm so vor, als röche er abscheulich aus dem Munde –, sein Appetit und seine Kräfte dagegen ließen zusehends nach. Es war unmöglich, sich länger zu täuschen: in Iwan Iljitschs Körper vollzog sich etwas Sonderbares, Neues und so Bedeutungsvolles, wie er es bedeutungsvoller noch nie im Leben erlebt hatte. Und dabei wusste nur er allein darum, während seine Umgebung ihn nicht begriff oder vielleicht auch nicht begreifen wollte und sich der Ansicht hingab, dass alles auf der Welt genauso ginge wie zuvor. Dieses letztere peinigte Iwan Iljitsch mehr als alles andere. Denn er sah, dass seine Hausgenossen, zumal seine Frau und seine Tochter, die sich um diese Zeit gerade auf dem Höhepunkt des gesellschaftlichen Lebens befanden, nichts davon verstanden, sondern sich im Gegenteil über ihn noch ärgerten, dass er so mürrisch und anspruchsvoll war, als sei er daran schuld. Denn obwohl sie sich Mühe gaben, es zu verbergen, sah er doch nur zu gut, dass er ihnen zur Last fiel und dass seine Frau sich ihre besondere Ansicht über seine Krankheit gebildet hatte und an dieser festhielt, was immer er auch tat und sagte. Ihre Ansicht war folgende: »Sie müssen wissen«, sagte sie zu ihren Bekannten, »dass Iwan Iljitsch unmöglich, so wie es andere ordentliche Menschen tun, eine vorgeschriebene Kur strikt einhalten kann. Den einen Tag nimmt er die Tropfen ein und isst, was ihm erlaubt ist, und geht auch zur rechten Zeit zu Bett; tags darauf aber vergisst er, wenn ich nicht daran denke, seine Medizin zu nehmen, isst Stör (und dabei ist es ihm keineswegs erlaubt) und bleibt beim Whist bis ein Uhr nachts sitzen.«

»Du übertreibst!« pflegte dann Iwan Iljitsch ärgerlich zu entgegnen. »Ein einziges Mal bei Pjotr Iwanowitsch.«

»Und gestern bei Schebek.«

»Als ob das nicht gleich ist, da ich doch ohnehin vor Schmerzen nicht schlafen kann …«

»Wie dem auch sei, auf diese Weise wirst du freilich niemals gesund werden und uns immer weiter quälen.«

Praskowja Fjodorownas offenkundige und sowohl vor anderen als auch vor ihm selber ausgesprochene Ansicht über seine Krankheit gipfelte darin, dass Iwan Iljitsch selbst an seiner Krankheit schuld wäre und dass die Krankheit nichts als eine neue Unannehmlichkeit sei, die er seiner Frau zufüge. Iwan Iljitsch fühlte zwar, dass diese Ansicht halb unbewusst in ihr entstanden war, allein dadurch wurde es ihm nicht leichter.

Auch im Gericht bemerkte Iwan Iljitsch oder glaubte vielmehr zu bemerken, dass man sich merkwürdig gegen ihn verhielt. Zuweilen schien ihm, dass man ihn heimlich beobachtete wie einen Menschen, der den anderen in kurzer Frist Platz machen würde; zuweilen dagegen zogen ihn seine Freunde burschikos mit seinem Pessimismus auf, als wäre das Entsetzliche, Furchterregende und Unerhörte, das sich in seinem Innern eingenistet hatte, unaufhörlich an ihm saugte und ihn unaufhaltsam irgendwohin zog, der allernatürlichste Gegenstand für Späßchen. Insbesondere reizte ihn Schwarz, dessen Munterkeit, Lebhaftigkeit und Weltgewandtheit Iwan Iljitsch jedesmal daran erinnerte, wie er vor zehn Jahren selber gewesen war.

Zuweilen pflegten die Kollegen zu einer Partie Whist zu kommen, und man setzte sich an den Tisch. Die Karten wurden ausgegeben, ein neues Spiel aufgelegt, Karo zu Karo gelegt, es waren ihrer sieben. Der Partner rief: »Ohne Trumpf« und sagte zwei Karo an. Konnte es was Besseres geben? Lustig, amüsant, das wird wahrscheinlich ein Schlemm. Aber mit einem Male fühlte dann Iwan Iljitsch aufs neue den saugenden Schmerz und den Geschmack im Munde, und dann kam es ihm geradezu irrsinnig vor, dass er sich dabei noch auf einen Schlemm freuen konnte.

Er sah Michail Michailowitsch an, seinen Partner, wie dieser mit seiner sanguinischen Hand auf den Tisch schlug und höflich und herablassend gar nicht erst die Stiche einsteckte, sondern sie zu Iwan Iljitsch hinüberschob, um diesem das Vergnügen zu lassen, sie einzustecken, ohne erst die Hand ausstrecken zu müssen. ›Denkt er vielleicht, dass ich schon so schwach bin und nicht mehr die Hand ausstrecken kann‹, dachte Iwan Iljitsch und vergaß seine Trümpfe und stach aus Versehen mit einem Trumpf seine eigenen Karten und verlor den Schlemm ohne drei, und was das ärgste war, er musste mit ansehen, wie Michail Michailowitsch dabei litt, obwohl es ihm selber doch völlig gleichgültig war. Es war schrecklich, daran zu denken, warum ihm das jetzt so gleichgültig geworden war.

Alle sahen, dass ihn etwas bedrückte und sagten daher: »Wir können aufhören, wenn Sie müde sind. Ruhen Sie ein wenig aus.«

Ausruhen? Nein, er wäre ja gar nicht müde; so spielten

sie dann den Robber zu Ende. Alle waren finster und schweigsam. Iwan Iljitsch fühlte, dass er schuld daran war, dass diese finstere Stimmung über die anderen gekommen, und war doch nicht in der Lage, sie zu zerstreuen. Schließlich wurde zu Abend gespeist und Abschied genommen. Und Iwan Iljitsch blieb allein mit dem Bewusstsein dessen zurück, dass sein eigenes Leben vergiftet sei und dass er das Leben der anderen vergifte und dass diese Vergiftung nicht schwächer würde, sondern immer heftiger und heftiger sein ganzes Dasein durchsetzte.

Und mit diesem Bewusstsein und außerdem mit seinen physischen Schmerzen und mit der grässlichen Angst musste er dann zu Bett gehen und konnte häufig vor Schmerzen den größten Teil der Nacht nicht schlafen. Wenn es dann aber Morgen wurde, musste er wieder aufstehen, sich anziehen, ins Gericht fahren und dort sprechen und schreiben, und wenn er nicht hinfuhr, so waren es doch zu Hause immer wieder die gleichen vierundzwanzig Stunden, von denen jede eine Qual war. Und dabei musste er völlig einsam so am Rande des Verderbens leben, ohne einen einzigen Menschen, der ihn begreifen wollte oder bemitleidet hätte.

5

So vergingen zwei Monate. Kurz vor Neujahr kam sein Schwager in die Stadt und stieg bei ihnen ab. Iwan Iljitsch befand sich gerade auf dem Gericht. Praskowja Fjodorowna war einkaufen gegangen. Als Iwan Iljitsch heimkam und sein Kabinett betrat, traf er dort seinen Schwager an, den gesunden Sanguiniker, wie er eigenhändig seinen Koffer auspackte. Kaum hatte er Iwan Iljitschs Schritte gehört, da hob er den Kopf und sah den Schwager eine Sekunde lang schweigend an. Dieser Blick enthüllte Iwan Iljitsch alles. Der Schwager öffnete den Mund, als wollte er ein ›Ach‹

ausstoßen, aber er verbiss es rechtzeitig. Diese Regung war eine Bestätigung für alles.

»Habe ich mich so verändert?«

»Ja ... du hast dich verändert.«

Doch sooft auch Iwan Iljitsch im Laufe des Gesprächs den Schwager auf das Thema seines jetzigen Aussehens bringen wollte, der Schwager schwieg hartnäckig. Inzwischen war Praskowja Fjodorowna nach Hause gekommen, und der Schwager begab sich zu ihr. Iwan Iljitsch sperrte die Tür ab und begann sich im Spiegel zu betrachten – von vorn wie auch von der Seite. Dann nahm er ein Porträt, das ihn mit seiner Frau zeigte, und verglich dieses Porträt mit dem, was er im Spiegel sah. Der Unterschied war gewaltig. Und schließlich entblößte er die Arme bis zum Ellbogen, musterte sie, schlug die Ärmel wieder zurück, setzte sich auf die Ottomane und wurde düsterer als die Nacht.

›Lieber nicht, lieber nicht‹, sagte er endlich zu sich, sprang auf und ging zum Tisch, öffnete ein Aktenstück und begann zu lesen; allein er vermochte es nicht. Er schloss die Tür auf und trat in den Saal. Die Tür zum Wohnzimmer war geschlossen. Er schlich sich auf den Zehenspitzen heran und begann zu horchen.

»Aber nein, du übertreibst«, sagte Praskowja Fjodorowna.

»Worin übertreibe ich denn? Du hast es eben noch nicht richtig erfasst – er ist ein toter Mann, schau doch nur seine Augen an. Wie erloschen. Was fehlt ihm eigentlich?«

»Niemand weiß es. Nikolajew (das war der andere Arzt) benannte es zwar, doch ich weiß nicht recht wie. Lestschetizkij (das war der berühmte Arzt) sagte das Gegenteil ...«

Iwan Iljitsch entfernte sich von der Tür und ging wieder in sein Zimmer zurück, dort legte er sich hin und grübelte: ›Die Niere, eine Wanderniere.‹ Er erinnerte sich dabei an das, was ihm die Ärzte erzählten: wie es wäre, wenn eine Niere sich losreiße und herumzuirren beginne. Unter großer Anstrengung der Phantasie gelang es ihm endlich, die

Niere zu fassen, sie anzuhalten und zu befestigen: dazu gehörte doch so wenig, schien ihm. ›Ich will noch einmal zu Pjotr Iwanowitsch fahren.‹ (Das war eben jener Freund, dessen Freund ein Arzt war.) Er läutete, befahl anzuspannen und zog sich an.

»Wohin, Jean?« fragte seine Frau mit besonders schwermütigem und ungewohnt gütigem Ausdruck.

Dieses ungewohnt Gütige erbitterte ihn. Finster blickte er sie an. »Ich muss zu Pjotr Iwanowitsch.«

So fuhr er denn zu dem Freunde, dessen Freund ein Arzt war. Und mit ihm zu eben jenem Arzt. Er traf letzteren an und unterhielt sich lange mit ihm.

Nachdem er eingehend, sowohl anatomisch als auch physiologisch, die Einzelheiten dessen geprüft, was nach der Ansicht des Arztes jetzt in ihm vorging, schien er endlich alles begriffen zu haben.

Es gab da eine Kleinigkeit, eine winzige Kleinigkeit mit dem Blinddarm. Aber das konnte sich sehr wohl bessern. Man brauchte dazu nur die Energie des einen Organs zu verstärken und die Tätigkeit eines anderen zu vermindern, was eine aufsaugende Wirkung zur Folge haben musste, und alles würde wieder gut werden. Zum Diner kam er ein wenig zu spät. Er speiste und plauderte dabei heiter und schob es lange hinaus, in sein Zimmer und an seine Arbeit zu gehen. Allein, schließlich begab er sich doch in sein Kabinett und setzte sich sogleich an die Arbeit. Er las seine Akten und arbeitete, aber das Bewusstsein dessen, dass es in ihm eine auf nachher verschobene wichtige und vertrauliche Angelegenheit gäbe, mit der er sich, sobald er zu Ende gekommen wäre, befassen müsse, verließ ihn keinen Augenblick. Als er mit seinen Arbeiten fertig war, fiel ihm sofort ein, dass diese vertrauliche Angelegenheit der Gedanke an den Blinddarm war. Trotzdem gab er sich diesem Gedanken noch nicht hin, sondern ging in den Salon zum Tee. Es waren Gäste da, man unterhielt sich, spielte Klavier und sang; auch der Untersuchungsrichter war da, jener Freier, der der Tochter gefiel. Iwan Iljitsch verbrachte diesen Abend, wie Praskowja Fjodorowna sagte, heiterer als gewöhnlich, doch trotzdem vergaß er keinen Augenblick, dass es in seinem Innern auf nachher verschobene wichtige Überlegungen wegen des Blinddarms gab. Um elf Uhr verabschiedete er sich von den anderen und ging in sein Zimmer. Seit jener Zeit, da er sich krank fühlte, schlief er stets allein in einem kleinen Raum neben dem Kabinett. Dorthin begab er sich jetzt, zog sich aus und nahm einen Roman von Zola zur Hand, aber er las ihn nicht, sondern dachte nach. Und alsbald fand in seiner Einbildungskraft die gewünschte Besserung des Blinddarms statt. Ein Prozess des Aufsaugens und des Ausscheidens – und die regelmäßige Tätigkeit war wiederhergestellt. ›So ist es‹, sprach er zu sich. ›Man muss nur der Natur nachhelfen.‹ Gleichzeitig fiel ihm seine Arznei ein, er erhob sich und nahm sie ein, legte sich dann auf den Rücken und gab scharf acht, wie wohltätig die Arznei zu wirken beginne und wie sie den Schmerz vernichte. ›Immer nur gleichmäßig einnehmen und alle schädlichen Einflüsse vermeiden. Ich fühle mich schon jetzt ein wenig besser, sogar viel besser.‹ Er betastete seine Seite, und da tat nichts weh. ›Ich fühle es ja schon gar nicht mehr; wahrhaftig, es ist bereits viel besser.‹ Er blies die Kerze aus und legte sich auf die Seite … ›Der Blinddarm bessert sich, es saugt sich was auf.‹ Aber mit einem Male fühlte er aufs neue den gewohnten alten, dumpfen, bohrenden Schmerz, hartnäckig, verschwiegen, ernsthaft. Und im Munde wieder den gewohnten Ekel. Sein Herz ließ nach, seine Gedanken wurden wirr. »Mein Gott, mein Gott«, stieß er hervor, »immer wieder, und es hört nicht auf.« Und plötzlich erschien ihm die Krankheit in einem völlig anderen Licht. ›Blinddarm! Niere!‹ sagte er sich. ›Nicht um den Blinddarm handelt es sich, nicht um die Niere, sondern um Leben und … Tod. Ja, da war das Leben, und nun geht es hin, geht hin, und ich kann es nicht aufhalten. Ja. Wozu sich betrügen? Ist es nicht allen mit Ausnahme von mir klar, dass ich am Sterben bin und dass es nur noch eine Frage von Wochen ist, von Tagen … jetzt gleich vielleicht. Einst war ein Licht da, jetzt ist es ringsum dunkel. Einst weilte ich hier, jetzt geht es dorthin! Wohin nur?‹ Es überlief ihn kalt, sein Atem stockte. Er hörte nur noch die Schläge seines Herzens.

›Ich werde nicht mehr sein, was jedoch wird sein? Es wird nichts sein. Und wo werde ich dann sein, wenn ich nicht mehr sein werde? Wäre es möglich, der Tod? Ich will nicht.‹ Er sprang auf und wollte die Kerze anzünden. Er tastete mit seinen bebenden Händen nach ihr, warf dabei die Kerze mit dem Kerzenhalter auf den Fußboden und fiel wieder auf sein Kissen zurück. ›Warum nur? Aber gleichviel‹, sprach er zu sich selber und starrte mit weit aufgerissenen Augen ins Dunkel. ›Der Tod. Ja, der Tod. Von den anderen weiß es freilich keiner, und sie wollen es auch nicht wissen und grämen sich deswegen nicht. Sie spielen.‹ (Er hörte hinter der Tür den entfernten Klang einer Stimme, die ein Ritornell sang.) ›Ihnen ist es gleich, und dennoch werden sie ebenso sterben. Diese Narren! Ich früher und sie später, es wird ihnen genau das gleiche geschehen. Und da freuen sie sich. Viehvolk!‹ Die Wut würgte ihn. Ein quälender, unerträglicher Druck lastete auf ihm. Und war es denkbar, dass es allen Menschen seit je bestimmt war, diese entsetzliche Angst zu tragen? Er erhob sich.

›Da stimmt doch etwas nicht; ich muss mich beruhigen und alles noch einmal von Anfang an überdenken.‹ Und so begann er denn nachzudenken. ›Ja, der Anfang der Krankheit also. Ich schlug mit der Seite auf, doch ich blieb ja genau der gleiche, der ich vordem gewesen; es tat ein wenig weh, einige Zeit darauf tat es mehr weh, dann kamen die Ärzte, darauf die Mutlosigkeit und die Beklemmungen und schließlich wieder die Ärzte; und dabei kam ich dem Abgrund immer näher und näher. Die Kräfte nahmen ab. Mehr und mehr. Und jetzt bin ich ganz abgezehrt, und meine Augen sind wie erloschen. Und der Tod ist nahe, und dabei denke ich an den Darm. Ich denke, wie man den Darm kurieren könnte, und dabei ist es der Tod. Und wäre es wirklich möglich, der Tod?‹ Wieder kam das Entsetzen über ihn, er keuchte, bückte sich, um Streichhölzer zu suchen und stieß dabei mit dem Ellbogen an ein kleines Gestell. Es war ihm im Wege und tat ihm weh, er ärgerte sich darüber und stieß voller Zorn noch einmal heftig daran und warf das kleine Gestell um. Voller Verzweiflung fiel er keuchend auf den Rücken zurück, denn er dachte, dass er jetzt sofort sterben müsse.

Um die gleiche Zeit entfernten sich die Gäste. Praskowja Fjodorowna begleitete sie hinaus. Sie hörte das Poltern und trat in das Zimmer ihres Mannes.

»Was hast du?«

»Nichts Besonderes. Ich habe unversehens etwas umgeworfen.«

Sie ging hinaus und brachte eine Kerze. Schwer und rasch atmend lag er da, wie ein Mensch, der tausend Meter weit gelaufen ist, und schaute sie mit stieren Augen an.

»Was hast du, Jean?«

»Gar ... nichts. Um ... ge ... schmissen.« – ›Was soll ich ihr denn sagen? Sie wird es ja doch nicht verstehen‹, dachte er.

Und in der Tat, sie verstand es nicht. Sie hob das Gestell auf, zündete ihm die Kerze an und ging eilig hinaus: sie musste sich noch von einem Besuch verabschieden. Als sie zurückkehrte, lag er immer noch in gleicher Stellung auf dem Rücken und starrte nach oben.

»Was fehlt dir, geht es dir schlechter?«

»Ja.«

Sie schüttelte den Kopf und saß eine Weile da.

»Weißt du, Jean, ich meine, ob wir nicht den Lestschetizkij kommen lassen sollten?«

Das bedeutete, den berühmten Arzt ins Haus bitten und dabei das Geld nicht ansehen. Mit einem giftigen Lächeln entgegnete er: »Nein.« Sie saß noch eine Zeitlang da;

schließlich erhob sie sich, trat zu ihm und küsste ihn auf die Stirn.

In dem Augenblick, da sie ihn küsste, hasste er sie mit der ganzen Gewalt seiner Seele und musste sich furchtbar zurückhalten, um sie nicht fortzustoßen.

»Gute Nacht. So Gott will, wirst du einschlafen.«

»Ja.«

6

Es war Iwan Iljitsch klar, dass er sterben müsse, und darum befand er sich im Zustand ständiger Verzweiflung.

In seinem tiefsten Innern wusste Iwan Iljitsch, dass er sterben müsse, allein er wollte sich nicht nur nicht an diesen Gedanken gewöhnen, sondern konnte ihn einfach nicht begreifen, die nackte Tatsache nicht begreifen.

Jenes bekannte Beispiel für Syllogismen, das er in der Logik von Kiesewetter gelernt hatte: Cajus ist ein Mensch, alle Menschen sind sterblich, also ist auch Cajus sterblich, war ihm sein ganzes Leben hindurch rechtmäßigerweise lediglich als auf Cajus anwendbar vorgekommen, keinesfalls aber auf ihn, Iwan Iljitsch, selber. Jenes war der Mensch Cajus, der Mensch überhaupt, und für diesen war das Gesetz völlig gerechtfertigt; er indes war nicht Cajus und ebensowenig der Mensch an sich, sondern er war ein Wesen völlig für sich und völlig von allen anderen verschieden; er war der Wanja mit seiner Mama und seinem Papa, mit Mitja und Wolodja, mit Spielzeug und einem Kutscher, mit seiner Kinderfrau und späterhin mit Katjenka, kurz, mit allen Freuden, Leiden und Entzückungen der Kinderzeit und Jugend. War denn der Geruch des aus Lederstreifen zusammengesetzten Balles, den Wanja so geliebt hatte, etwa für Cajus bestimmt gewesen? und hatte Cajus etwa, so wie er, die Hand der Mama geküsst? und hatte vielleicht für jenen die Seide des Faltenkleides der Mama gerauscht? war es etwa Cajus gewesen, der in der Rechtsschule wegen der Kuchen revoltiert hatte? Cajus, der so verliebt gewesen war wie er? und verstand etwa Cajus so wie er eine Verhandlung zu leiten?

Cajus, der war in der Tat sterblich, und wenn er starb, so war es ganz in der Ordnung; ich dagegen, ich, Wanja, ich, Iwan Iljitsch, mit all meinen Gefühlen und Gedanken – bei mir ist es nun einmal eine ganz andere Sache. Und es kann ja gar nicht sein, dass auch ich sterben muss. Das wäre zu entsetzlich.

Derart waren seine Gefühle.

›Wenn ich, wie jener Cajus, sterben müsste, dann hätte ich es doch bestimmt vorher gewusst, und ganz sicher hätte es mir eine innere Stimme gesagt; allein es sprach nichts dergleichen in mir; und ich wie auch alle meine Freunde, wir wussten doch nur zu gut, dass es ganz anders sein müsste als mit Cajus. Und dabei dieses jetzt!‹ musste er denken. ›Es kann ja gar nicht sein! Es kann nicht sein. Es kann nicht sein und ist doch da. Wie geht denn das nur zu? wie soll man das verstehen?‹

Und er vermochte es nicht zu verstehen und bemühte sich, diesen Gedanken als falsch, unrichtig und krankhaft zu verjagen und ihn durch andere, richtige und gesunde Gedanken zu verdrängen. Allein dieser Gedanke, der nicht nur Gedanke war, sondern offenbar eine Tatsache, kehrte immer wieder zurück und richtete sich immer mehr vor ihm auf.

Und so rief er an Stelle dieses Gedankens immer wieder andere Gedanken auf, einen nach dem andern, in der Hoffnung, in ihnen eine Stütze zu finden. Er versuchte zu seinen alten Gedankengängen zurückzukehren, die vormals die Gedanken an den Tod vor seinen Augen verborgen gehalten hatten, allein – wie sonderbar! – all das, was vormals dieses Bewusstsein des Todes verdeckt, verborgen und zerstört hatte, jetzt war es auf einmal nicht mehr in der Lage, die vorige Wirkung zu erzielen. Die letzte Zeit verbrachte

Iwan Iljitsch größtenteils mit dem Versuch, seine frühere Empfindungswelt wiederherzustellen, die den Tod vor ihm verborgen gehalten hatte. Er sagte sich: ›Ich will mich wieder mit meinem Dienst beschäftigen, ich bin doch vormals ganz darin aufgegangen.‹ Und dann begab er sich ins Gericht, bemüht, jeden Zweifel von sich zu scheuchen; dort unterhielt er sich mit seinen Kollegen und nahm nach alter Gewohnheit zerstreut Platz, wobei er einen versonnenen Blick aufs Publikum warf und sich, die abgemagerten Hände auf die Armlehnen des Eichensessels stützend, wie gewöhnlich zu dem neben ihm sitzenden Kollegen hinüberbeugte und, das Aktenstück heranrückend, mit jenem flüsterte – um dann plötzlich wie immer die Augen aufschlagend und sich zurechtsetzend, die bekannten Einleitungsworte zu sprechen und die Verhandlung zu eröffnen. Aber dann kam mit einem Male mittendrin das Stechen in der Seite, das unversehens, ohne sich auch nur im geringsten um die Entwicklung der Verhandlung zu kümmern, seine saugende Tätigkeit begann. Iwan Iljitsch versuchte zwar jeden Gedanken daran zu verscheuchen und sich zu konzentrieren, allein die Krankheit setzte ihr Werk fort und kam heran und stellte sich gerade vor ihm auf und blickte ihn an, und Iwan Iljitsch erstarrte, seine Augen erloschen, und wiederum begann er sich zu fragen, ob es möglich wäre, dass sie allein die Wahrheit sei. Die Kollegen und Untergebenen sahen dann voller Staunen und Bekümmerung, wie er, dieser glänzende und gescheite Richter, sich plötzlich nicht mehr zurechtfand und Fehler machte. Er raffte sich zwar immer wieder auf, zwang seine Gedanken, zur Sache zurückzukehren, und führte die Verhandlung irgendwie zu Ende; nach Hause aber kehrte er mit dem schwermütigen Bewusstsein zurück, dass sein richterliches Amt nicht mehr wie vordem das vor ihm verhüllen konnte, was er gern im Verborgenen gewusst hätte, und dass er nicht imstande wäre, sich durch sein richterliches Amt davor zu schützen. Was aber am allerschlimmsten dabei war – die Krankheit zog ihn nicht etwa deswegen ab, damit er etwas anderes tue, sondern nur, damit er *sie* betrachte, *ihr* gerade in die Augen schaue, *sie* ansehe und sich dabei, ohne etwas tun zu können, unbeschreiblich quäle.

Um sich vor diesem Zustande zu retten, suchte Iwan Iljitsch anderweitig Trost, er suchte nach anderen Abschirmwänden und fand sogar auch diese Schirmwände, die ihn jedesmal für kurze Zeit scheinbar retteten; allein sehr bald waren sie zwar nicht eigentlich zerstört, doch gewissermaßen durchsichtig geworden, ganz so, als sei es *ihr* möglich, durch alles hindurchzudringen, und als wäre nichts imstande, *sie* zu verdecken.

In dieser letzten Zeit konnte es geschehen, dass, wenn er in den Salon ging, den er eingerichtet – den gleichen Salon, in dem er seinerzeit ausglitt und für den (es war lächerlich und dennoch vergiftend, daran zu denken) und dessen Einrichtung er sein Leben opfern sollte, denn er wusste ja, dass seine Krankheit mit jenem Sturz begonnen hatte –, es konnte geschehen, dass er beim Eintreten alsbald auf der lackierten Tischplatte eine frische Schramme entdeckte, von irgend jemand gekratzt. Er suchte nach der Ursache und fand sie in der bronzenen Verzierung eines Albums. Er nahm das teure Album zur Hand, das er mit so viel Liebe zusammengestellt hatte, und musste sich über die Unordentlichkeit seiner Tochter und ihrer Freunde ärgern, denn bald war etwas zerrissen, bald wieder waren Bilder verkehrt zurückgesteckt. Voller Eifer brachte er alles in Ordnung und bog auch die Verzierung wieder zurecht.

Dann wieder konnte ihm der Gedanke kommen, dieses ganze Arrangement mit den Alben in eine andere Ecke zu den Blumen zu stellen. Er rief den Diener zu Hilfe; es konnte freilich dabei geschehen, dass ihm Tochter oder Frau zur Hand gingen; sie wollten nichts davon hören und widersprachen ihm, er jedoch ärgerte sich dann und stritt mit ihnen; und dennoch war das alles noch gut, denn dabei brauchte er wenigstens nicht an *sie* zu denken, er verlor *sie* dabei aus den Augen.

Aber dann sagte seine Frau, weil er selber das Umstellen vornehmen wollte: »Lass doch, die Leute werden es besorgen, du könntest dir am Ende damit schaden«, und im Nu flimmerte *sie* durch die Schirme, und er musste *sie* erblicken. Sie flimmerte, und er konnte noch hoffen, dass *sie* verschwinden würde, und musste dennoch unwillkürlich hinhorchen, wie es mit seiner kranken Stelle stände – dort aber saß *sie* bereits und bohrte wie immer, und er war nicht mehr imstande, *sie* zu vergessen, deutlich erkennbar blickte *sie* ihn durch die Blumen an. Wozu dann alles?

›Es ist wirklich wahr, ich habe hier, mit dieser Gardine hier, wie bei einem Sturmangriff mein Leben verloren. Aber ist es denn wirklich wahr? Wie entsetzlich und wie töricht! Das kann doch unmöglich wahr sein! Das kann nicht wahr sein, und doch ist es so.‹

Dann ging er wieder in sein Kabinett, legte sich nieder und war aufs neue allein mit *ihr*. Auge in Auge mit *ihr* und wusste doch nicht, was er mit *ihr* beginnen sollte. Immer nur *sie* anschauen und erstarren.

7

Niemand wusste, wieso es im dritten Monat von Iwan Iljitschs Krankheit soweit gekommen war, denn alles ging ja nach wie vor unmerklich und sozusagen Schritt für Schritt, und doch war es jetzt soweit, dass sowohl Frau und Tochter wie auch sein Sohn, die Dienstboten, die Bekannten, die Ärzte und vor allem er selber sich eingestehen mussten, dass das einzige Interesse, das die Mitwelt an ihm nähme, nur noch darin bestünde, ob er wohl bald seinen Platz frei machen würde und die Lebenden von der Pein befreien, die ihnen seine Gegenwart verursachte, und ob er selber bald von seinen Leiden erlöst werden würde.

Er schlief jetzt immer weniger und weniger; man gab ihm Opium und schritt schon zu Morphiuminjektionen. Aber das brachte ihm keine Erleichterung: die stumpfe Qual, die er in diesem halbdämmernden Zustand empfand, kam ihm nur anfangs als eine Art Erleichterung vor, da sie ihm noch neu war, mit der Zeit jedoch wurde sie genauso qualvoll und sogar noch quälender als der ehrliche Schmerz.

Laut Vorschrift der Ärzte wurden ihm jetzt besondere Speisen zubereitet; doch diese Speisen schmeckten ihm immer weniger und weniger und wurden ihm immer widerwärtiger und ekelhafter.

Zur Verrichtung seiner Notdurft wurden ebenfalls besondere Vorkehrungen getroffen, und jedesmal war es eine Qual. Die Qual rührte von der Unsauberkeit, Unschicklichkeit und von dem Geruch her, allein auch von dem Bewusstsein dessen, dass ein anderer Mensch ihm dabei behilflich sein musste.

Jedoch aus dieser so peinlichen Verrichtung entsprang auch ein kleiner Trost für Iwan Iljitsch. Die Unsauberkeit nach dem Stuhlgang auszuleeren war dem Bauernburschen Gerassim übertragen worden.

Gerassim war ein reinlicher, frischer, vom guten städtischen Essen hübsch herausgefütterter junger Bauer. Er war immer lustig und einfach. Anfangs war der Anblick dieses stets sauber in russische Tracht gekleideten Menschen, der eine so widerwärtige Arbeit zu verrichten hatte, Iwan Iljitsch sehr peinlich.

Eines Tages, da er sich vom Nachtstuhl erhob, fehlte ihm die Kraft, die Hosen wieder heraufzustreifen, und er ließ sich in einen weichen Sessel fallen und schaute voller Schrecken seine nackten und kraftlosen Schenkel an, auf denen die Muskeln so deutlich hervortraten.

Da trat in seinen dicken Stiefeln, gleichzeitig den angenehmen Geruch der Teerstiefel und die Frische der Winterluft ins Zimmer tragend, Gerassim mit leichten und kräftigen Schritten ein. Er trug eine reine Hanfschürze und ein sauberes Baumwollhemd mit aufgekrempelten Ärmeln, so dass die nackten, kräftigen jungen Arme sichtbar waren; er näherte sich dem Nachtstuhl, ohne Iwan Iljitsch anzublicken, denn er fürchtete augenscheinlich, dem Kranken durch die Lebensfreude, die auf seinem Antlitz strahlte, lästig zu fallen.

»Gerassim«, sagte Iwan Iljitsch kaum hörbar.

Gerassim fuhr zusammen, offenbar in der Furcht, etwas falsch gemacht zu haben, und wandte hastig dem Kranken sein frisches, gutmütiges, schlichtes und junges Gesicht zu, auf dem eben erst ein Bart zu wachsen begann.

»Was belieben?«

»Sag mal, ist dir das nicht unangenehm? Du musst mir schon verzeihen. Ich kann nicht anders.«

»Aber ich bitte Sie!«

Gerassims Augen blitzten, und er fletschte seine jungen, weißen Zähne. »Warum sich denn nicht ein bisschen Mühe geben? Da der Herr doch krank sind.«

Mit geschickten und festen Griffen verrichtete er seine gewöhnliche Pflicht und ging, leicht auftretend, aus dem Zimmer. Nach fünf Minuten kehrte er, ebenso leicht auftretend, wieder zurück.

Iwan Iljitsch saß noch in derselben Stellung auf dem Sessel.

»Gerassim«, sagte er, als jener das saubere und gereinigte Gefäß wieder an Ort und Stelle gebracht, »hilf mir, bitte, komm mal her.« Gerassim trat heran. »Richte mich auf. Mir ist es allein zu schwer, und Dmitrij habe ich fortgeschickt.«

Gerassim trat heran; mit elastischen Armen, die ein Gegenstück zu seinen leichten Schritten waren, umschlang er ihn gewandt, richtete ihn sanft auf und zog, während er ihn mit dem einen Arm hielt, mit der anderen Hand die Hose herauf und wollte ihn wieder auf dem gleichen Platz niederlassen. Allein Iwan Iljitsch bat, er möge ihn zum Diwan führen. Mühelos, als wäre auch nicht die geringste Anstrengung dabei, führte Gerassim ihn, fast tragend, zum Diwan und setzte ihn hin.

»Danke dir. Wie geschickt und gut … du alles machst.«

Gerassim lächelte nur und wollte gehen. Allein Iwan Iljitsch fühlte sich so wohl mit ihm, dass er ihn nicht fortlassen mochte.

»Hör mal: rück mir doch bitte den Stuhl dort heran. Nein, diesen da, und unter die Beine. Es ist mir leichter, wenn meine Beine hoch liegen.«

Gerassim brachte den Stuhl herbei, stellte ihn, ohne dass er dabei aufschlug, mit einem kühnen Schwung auf den Fußboden und hob Iwan Iljitschs Beine auf den Stuhl. Iwan Iljitsch kam es dabei vor, als ließe der Schmerz in dem Augenblick nach, da Gerassim seine Beine in die Höhe gehoben hatte.

»Es ist mir leichter, wenn meine Beine hoch liegen«, sagte Iwan Iljitsch. »Leg mir doch, bitte, auch noch jenes Kissen unter.«

Gerassim tat es. Und wieder war es Iwan Iljitsch besser, während Gerassim seine Beine hielt. Aber als er sie dann niedergelassen hatte, schien es ihm schlimmer geworden zu sein.

»Gerassim«, fragte er, »hast du im Augenblick etwas zu tun?«

»Zu Befehl, nein«, sagte Gerassim, der von den Stadtdienstboten gelernt hatte, wie man mit Herrschaften sprechen musste.

»Was musst du heute noch alles tun?«

„Was werde ich schon groß zu tun haben? Es ist alles getan, es bleibt nur noch Holz für morgen zu machen.«

»Dann halte mir doch ein wenig die Beine hoch … kannst du das?«

»Warum sollte ich das nicht können?« Gerassim hob ihm die Beine hoch, und da war es Iwan Iljitsch, als ob er in dieser Lage überhaupt keinen Schmerz mehr spüre.

»Und was wird aus dem Holzmachen?«

»Der Herr brauchen sich nicht zu beunruhigen. Das schaffen wir schon noch.«

Iwan Iljitsch befahl Gerassim, sich zu setzen, ihm in dieser Stellung die Beine zu halten, und plauderte ein wenig mit ihm. Und sonderbar – ihm schien in der Tat, als wäre ihm besser, solange Gerassim seine Beine hielt.

Seit jenem Tage ließ Iwan Iljitsch zuweilen Gerassim rufen; Gerassim musste dann seine Schultern herhalten, damit er die Beine darauf legen konnte; während er so dalag, unterhielt er sich gern mit ihm. Gerassim unterzog sich dieser Pflicht nicht nur leicht, gern und einfach, sondern auch mit einer Güte, die Iwan Iljitsch rührte. Wenn andere Menschen gesund, kräftig und lebensfreudig waren, so fühlte sich Iwan Iljitsch dadurch gekränkt; Gerassims Kraft und Lebensfreude dagegen kränkten Iwan Iljitsch nicht, sondern beruhigten ihn geradezu.

Das, was Iwan Iljitsch am meisten quälte, war die Lüge – jene aus irgendeinem Grunde von allen verbreitete Lüge, dass er nur krank sei und keineswegs auf den Tod daniederläge und dass er sich nur ruhig verhalten und sich kurieren lassen müsse, damit etwas sehr Schönes dabei herauskomme. Denn er wusste ja: was immer auch getan wurde, es konnte nichts dabei herauskommen, außer noch qualvolleren Leiden und dem Tode. Und ihn quälte diese Lüge, es quälte ihn, dass jene nicht eingestehen wollten, was alle wussten und was auch er selber wusste, sondern dass es ihr Wille war, ihn angesichts seiner entsetzlichen Lage zu belügen, und dass sie nicht nur wünschten, er solle selber an dieser Lüge teilnehmen, sondern dass sie ihn sogar dazu zwangen. Lüge, Lüge – diese noch am Vorabend seines Verscheidens sich über ihm vollziehende Lüge, die die furchtbare und feierliche Tatsache seines Todes auf eine Stufe herabdrücken musste, wie sie durch alle jene Besuche, jene mit Gardinen geschmückten Zimmer und jene beim Diner servierten Störe gekennzeichnet wurde ... dies war für Iwan Iljitsch das allerqualvollste. Wie sonderbar, schon häufig war er, wenn sie ihn auf diese Art zum besten hielten, um ein Haar drauf und dran gewesen, ihnen zuzuschreien: ›Hört auf zu lügen! Ihr wisst es, und ich weiß es ebensogut, dass ich sterben muss, so hört doch wenigstens zu lügen auf!‹ Und dennoch hatte er sich niemals getraut, es zu tun. Die furchtbare, die entsetzliche Tatsache seines langsamen Sterbens wurde von seiner ganzen Umgebung, das sah er nur zu deutlich, auf die Stufe einer zufälligen Unannehmlichkeit herabgedrückt, gewissermaßen einer Unschicklichkeit (etwa derart, wie man mit einem Menschen umgeht, der einen Salon betritt und dabei üblen Geruch um sich verbreitet), und zwar nach dem Prinzip jener gleichen »Wohlanständigkeit«, deren Anhänger er sein ganzes Leben hindurch gewesen war; er sah, dass niemand Mitgefühl mit ihm hatte, weil kein Mensch willens war, sich in seine Lage hineinzudenken. Einzig Gerassim verstand seine Lage und hatte Mitleid mit ihm. Und darum fühlte sich Iwan Iljitsch nur wohl, wenn Gerassim da war. Es war ihm besser, wenn ihm Gerassim, manchmal ganze Nächte hindurch, die Beine hielt und nicht schlafen gehen wollte und sagte: »Belieben Sie nicht, sich deswegen zu beunruhigen, Iwan Iljitsch, ich werde mich schon noch ausschlafen«, oder wenn er, plötzlich zum »Du« übergehend, hinzufügte: »Wenn du nicht krank wärest; aber so, warum dir nicht gefällig sein?« Einzig Gerassim log niemals; er allein – das war aus allem ersichtlich – hatte begriffen, um was es sich handle, und er hielt es auch nicht für nötig, es zu verbergen, sondern er hatte ganz einfach mit seinem abgezehrten schwachen Herrn Mitleid. Und einmal sprach er es sogar direkt aus, als Iwan Iljitsch ihn fortschicken wollte: »Alle werden wir sterben. Warum sich nicht ein bisschen Mühe geben?« Das sagte er und drückte damit wohl aus, dass die Mühe ihm darum nicht lästig fiele, weil er dies alles da für einen Sterbenden täte und hoffte, dass einst, wenn ihm sein Stündlein schlüge, jemand ihm ein Gleiches erweisen würde.

Außer der Lüge, oder vielleicht infolge der Lüge, gab es noch etwas, das für Iwan Iljitsch quälender war als alles, nämlich, dass niemand ihn so bemitleidete, wie er bemitleidet zu werden wünschte: denn in manchen Minuten, die auf seine langen Leiden folgten, wünschte Iwan Iljitsch sich vor allem (wie sehr es ihm auch wider die Natur ging, sich das eingestehen zu müssen), dass jemand mit ihm wie mit einem kranken Kinde Mitleid habe. Er wollte ja so gern, dass man zärtlich zu ihm sei, ihn küsse und über ihn weine, ganz so, wie man Kinder zu trösten und zu liebkosen pflegt. Er wusste zwar, dass er ein wichtiges Mitglied des Gerichtshofes sei und dass er einen Bart habe, der schon zu ergrauen begonnen hatte, und dass es schon deswegen unmöglich sei; allein er wollte es trotzdem. Und in seinen Beziehungen zu Gerassim lag etwas, das diesem ähnlich war. Und darum waren auch seine Beziehungen zu Gerassim für ihn so trostreich. Iwan Iljitsch wollte weinen, er wollte, dass man ihn liebkose und über ihn weine, doch dann kam sein Kollege Schebek, Mitglied des Gerichtes, und statt zu weinen und geliebkost zu werden, musste Iwan Iljitsch ein ernsthaftes, strenges und tiefsinniges Gesicht machen und, dem Gesetz der Trägheit folgend, wieder einmal seine Meinung über die Bedeutung eines Beschlusses des Kassationsgerichtes abgeben und hartnäckig darauf beharren. Diese Lüge, die ihn rings umgab und in ihm selber war, vergiftete mehr als alles Iwan Iljitschs letzte Lebenstage.

8

Es war Morgen. Und zwar war es nur deswegen Morgen, weil Gerassim fortgegangen und an seiner Stelle der Diener Pjotr gekommen war, der die Kerzen auslöschte, eine Gardine zurückzog und leise aufzuräumen begann. Ob es Morgen war oder Abend, Freitag oder Sonntag – es war alles gleich, es war alles ein und dasselbe: der bohrende, auch nicht einen Augenblick aussetzende, quälende Schmerz; das Bewusstsein des so hoffnungslos immer weiter fortziehenden, aber immer noch nicht ganz fortgegangenen Lebens; und der immer näher heranrückende, immer noch genauso furchtbare und gehasste Tod, der die einzige Wirklichkeit war – und immer noch die gleiche Lüge. Was sollten da Tage oder Wochen oder gar die Stunden des Tages?

»Befehlen Sie vielleicht Tee?«

›Er will seine Ordnung haben, die Herrschaften müssen am Morgen Tee trinken‹, dachte er und entgegnete nur:

»Nein.«

»Belieben Sie vielleicht auf den Diwan?«

›Er will außerdem das Zimmer in Ordnung bringen, und da bin ich hinderlich, denn ich bin die Unsauberkeit und die Unordnung‹, dachte er und entgegnete nur:

»Nein, lass mich.«

Der Diener machte sich noch etwas zu schaffen. Iwan Iljitsch streckte die Hand aus. Pjotr näherte sich dienstbeflissen.

»Was befehlen Sie?«

»Die Uhr.«

Pjotr hob die Uhr auf, die bequem zu erreichen lag, und gab sie ihm.

»Halb neun. Noch niemand aufgestanden?«

»Zu Befehl, nein. Wassilij Iwanowitsch« (das war der Sohn) »sind ins Gymnasium gegangen, Praskowja Fjodorowna aber haben befohlen, sie erst zu wecken, wenn der gnädige Herr nach ihr zu fragen geruht. Befehlen Sie?«

»Nein, nicht nötig.«– ›Sollte ich nicht doch vielleicht ein wenig Tee trinken?‹ überlegte er. »Du kannst mir ... den Tee bringen.«

Pjotr ging zur Tür. Es war Iwan Iljitsch schrecklich, allein zu bleiben. ›Womit könnte ich ihn nur zurückhalten? Richtig, die Arznei.‹

»Pjotr, reich mir meine Arznei.«

›Wer weiß, es könnte vielleicht möglich sein, dass die Arznei einmal helfen wird?‹ Er nahm den Löffel und schluckte den Inhalt. – ›Nein, es hilft nichts. Alles nichts als Unsinn und Betrug‹, entschied er, als er den bekannten widerlichen und hoffnungslosen Geschmack auf der Zunge spürte. – ›Nein, ich kann nicht mehr daran glauben. Jedoch der Schmerz, warum nur immer wieder der Schmerz; wenn er nur für eine Minute nachlassen wollte …‹ Er begann zu stöhnen. Pjotr drehte sich um.

»Nein, geh nur. Bring den Tee.«

Pjotr ging. Iwan Iljitsch blieb allein und stöhnte laut, nicht, weil der Schmerz so entsetzlich war, sondern diesmal vor Qual. – ›Immer dasselbe, ewig das gleiche, all diese unendlichen Tage und Nächte; käme es doch schneller. Was schneller? Tod, Finsternis … Nein, nein. Alles ist besser als Sterben!‹

Als Pjotr mit dem Tee auf dem Tablett zurückkam, sah ihn Iwan Iljitsch lange verloren an, ohne begreifen zu können, wer jener sei und was er wolle. Dieser Blick versetzte Pjotr in Verwirrung; Pjotrs Verwirrung dagegen wurde die Ursache, dass Iwan Iljitsch wieder zu sich kam.

»Ja«, sagte er, »da ist ja auch der Tee … schon gut, stell ihn nur her. Aber hilf mir zuvor beim Waschen und gib mir ein reines Hemd.«

Und Iwan Iljitsch begann sich zu waschen. Mit großen Pausen wusch er sich Hände und Gesicht, darauf putzte er sich die Zähne, kämmte sich und sah schließlich in den Spiegel. Das war ihm stets schrecklich, und insbesondere war es schrecklich zu sehen, wie flach die Haare an seiner blassen Stirn klebten.

Als sein Hemd gewechselt wurde, wusste er, dass es ihm noch schrecklicher sein würde, seinen Körper anzuschauen, und deswegen sah er lieber gar nicht erst hin. Doch schließlich war auch das zu Ende. Er zog den Schlafrock an, hüllte sich in eine Decke und nahm in einem Sessel Platz, um Tee zu trinken. Für einen Augenblick fühlte er sich frischer, doch kaum hatte er mit dem Tee begonnen, da war wieder der gleiche Geschmack da, wieder derselbe Schmerz. Nur mit großer Anstrengung vermochte er den Tee auszutrinken. Dann legte er sich hin, streckte die Beine aus und schickte Pjotr fort.

Immer wieder das gleiche. Bald funkelte ein Tröpfchen Hoffnung auf, bald wieder erhob sich tobend das Meer der Verzweiflung, und immer der Schmerz, ewig der Schmerz, ewig die Qual, ewig ein und dasselbe. War er allein, so war es grauenhaft qualvoll, dann wollte er stets jemand rufen, und doch wusste er von vornherein, dass es noch schlimmer würde, wenn andere zugegen waren. ›Meinetwegen wieder Morphium, damit ich mich ein wenig vergessen kann. Ich will dem Arzt sagen, er soll sich etwas Neues ausdenken. Das ist unmöglich, das geht unmöglich so.‹

So vergingen eine Stunde und eine zweite. Plötzlich ertönte die Glocke im Vorzimmer. Schon der Arzt? In der Tat, es war der Arzt, ein frischer, munterer, rundlicher und lustiger Mann mit einem Gesichtsausdruck, der etwa folgendes sagte: ›Da habt ihr euch wieder mal über etwas erschreckt, aber das werden wir gleich haben.‹ Zwar wusste der Arzt, dass diese Miene hier keineswegs am Platze war, allein er hatte sie ein für allemal aufgesetzt und konnte sie nicht mehr ablegen, ganz wie ein Mensch, der am Morgen den Frack angezogen hat und darauf ausgefahren ist, Besuche zu machen.

Aufgeräumt und trostvoll rieb sich der Arzt die Hände.

»Ich bin leider noch kalt. Ein ordentlicher Frost. Lassen Sie mich warm werden«, sagte er mit dem gleichen Ausdruck, als ob er sagen wollte, man müsste sich noch ein wenig gedulden, bis er erst mal warm geworden, wenn er aber dann warm geworden sei, dann würde er alles in Ordnung bringen.

»Nun, wie steht's?«

Iwan Iljitsch fühlte ja, dass der Arzt eigentlich fragen wollte: ›Wie stehn die Sächelchen?‹, dass er jedoch begriff, es schicke sich nicht, so etwas zu fragen, und darum lieber die übliche Frage stellte: »Wie haben Sie die Nacht verbracht?«

Iwan Iljitsch sah den Arzt mit einer Miene an, auf der die Frage zu lesen stand:

›Ist es möglich, dass du dich niemals schämst, wenn du so lügst?‹

Allein der Arzt wollte solche Fragen nicht verstehen.

Und darum sagte Iwan Iljitsch:

„Immer noch genauso entsetzlich. Die Schmerzen gehen nicht vorbei, sie wollen nicht nachlassen. Wenn ich doch nur etwas dagegen bekäme!«

»Ja, so seid ihr Kranken immer. Na, ich glaube, jetzt bin ich ein wenig wärmer geworden; sogar die akkurateste Praskowja Fjodorowna könnte jetzt nichts mehr gegen meine Temperatur einwenden. So, guten Morgen.« Der Arzt drückte ihm die Hand.

Indes gleich danach begann der Arzt, seine anfängliche Munterkeit ablegend, mit ernsthafter Miene des Kranken Puls und Temperatur zu untersuchen, und darauf folgte das übliche Abklopfen und Abhorchen.

Iwan Iljitsch wusste zwar genau und außerhalb jeden Zweifels, dass alles das nicht viel mehr als Unsinn und eine leere Vorspiegelung sei, allein als der Arzt sich vor ihn hinkniete, sich über ihn beugte, das Ohr bald höher, bald tiefer anlegte und mit ernsthafter Miene allerlei gymnastische Bewegungen vollzog, ließ sich Iwan Iljitsch auch dieses Mal davon fortreißen, genauso wie er seinerzeit sich von den Reden der Rechtsanwälte hatte hinreißen lassen, obwohl er auch damals genauso gewusst hatte, dass sie alle logen und warum sie logen.

Der Arzt kniete noch und klopfte gerade etwas ab, da rauschte Praskowja Fjodorownas Seidenkleid durch die Tür, und man hörte, wie sie Pjotr Vorwürfe machte, dass er ihr nicht die Ankunft des Arztes gemeldet habe.

Sie trat ein, begrüßte ihren Mann mit einem Kuss und

begann sofort zu beweisen, dass sie schon lange aufgestanden war und nur durch ein Missverständnis nicht dagewesen wäre, als der Arzt kam.

Iwan Iljitsch blickte sie an und musterte sie von Kopf bis Fuß. Er machte ihr innerlich Vorwürfe wegen ihrer weißen Haut, ihres vollen Körpers, der Sauberkeit ihrer Hände und ihres Halses, wegen des Glanzes ihrer Haare und des Schimmers ihrer Augen, die so voller Leben waren. Er hasste sie von ganzer Seele. Jede Berührung von ihr verursachte ihm Schmerzen, so heftig schwoll jedesmal sein Hass an.

Ihr Verhältnis zu ihm und zu seiner Krankheit war das gleiche geblieben. Genauso wie ein Arzt sich sein Verhältnis zu seinen Kranken bildet, das er niemals mehr ablegen kann, so hatte sie sich ein Verhältnis zu ihrem Mann gebildet, und zwar, wie wenn dieser etwas nicht tun wolle, was zu tun nottäte, und also selber an allem schuld sei, und dass sie ihm aus diesem Grunde liebevolle Vorwürfe machen müsse – und genauso war auch sie nicht mehr in der Lage, dieses Verhältnis zu ihrem Mann abzuändern. »Er folgt eben nie! Und er nimmt vor allem die Arznei nicht zur rechten Zeit ein. Die Hauptsache aber, er liegt jetzt immer in einer Stellung, die ihm sicherlich schaden muss – die Beine nach oben.«

Sie erzählte, wie er Gerassim veranlasse, ihm die Beine hoch zu halten.

Der Arzt hatte dafür nur ein verächtlich-liebenswürdiges Lächeln: ›Was soll man da schon tun, diese Kranken denken sich eben immer allerhand Dummheiten aus; aber man kann es ihnen ja verzeihen.‹

Als die Untersuchung beendet war, sah der Arzt auf seine Uhr, und da teilte Praskowja Fjodorowna Iwan Iljitsch mit, sie habe, was immer er auch dagegen sagen würde, für heute den berühmten Arzt hergebeten, und dieser und Michail Danilowitsch (so hieß der gewöhnliche Arzt) würden ihn untersuchen und darauf ein Konsilium abhalten.

»Bitte, widersetz dich nur nicht. Ich tu es ja für mich«, fügte sie ironisch hinzu und ließ ihn dabei fühlen, dass sie ja alles doch nur für ihn täte und ihm hierdurch die Möglichkeit nähme, ihr dies abzuschlagen. Er schwieg und runzelte die Stirn. Er fühlte ja, dass diese Lüge, die ihn rings umgab, allmählich so verwickelt wurde, dass es schwierig war, irgend etwas klar zu erkennen.

Alles, was sie für ihn tat, tat sie nur für sich. Und sie sagte es ihm, dass sie es für sich tue – wie es in Wirklichkeit ja auch war –, doch sie sagte es in einem solchen Ton, dass er es umgekehrt auffassen sollte.

In der Tat, um halb zwölf kam der berühmte Arzt ins Haus. Und aufs neue begannen das Abhorchen und die bedeutenden Gespräche, die sowohl in seiner Gegenwart als auch im anderen Zimmer geführt wurden, über Niere und Blinddarm, und alle die Fragen und Antworten, die mit einer so ernsthaften Miene gestellt und gegeben wurden, dass aufs neue, anstatt der realen Frage von Leben und Tod, die jetzt das einzige war, was vor ihm stand, sich jene Frage in den Vordergrund drängte, ob es die Niere sei oder der Blinddarm, die etwas nicht so ausführten, wie es sich gehörte, und über die aus diesem Grunde Michail Danilowitsch und die Berühmtheit sogleich herfallen und sie zwingen würden, sich zu bessern.

Der berühmte Arzt verabschiedete sich mit einer würdigen, aber keineswegs hoffnungslosen Miene. Und als Iwan Iljitsch mit weit aufgerissenen, vor Furcht und Hoffnung glänzenden Augen die verzagte Frage an ihn richtete, ob es wohl noch eine Möglichkeit der Genesung gäbe, da entgegnete er, man könnte sich freilich nicht dafür verbürgen, indes die Möglichkeit sei immerhin vorhanden. Der hoffnungsvolle Blick, mit dem Iwan Iljitsch dem Arzt das Geleit gab, war so kläglich, dass Praskowja Fjodorowna sogar in Tränen ausbrach, als sie das Kabinett verließ, um dem berühmten Arzt sein Honorar zu überreichen.

Der Aufschwung des Geistes, den die hoffnungsvollen

Worte des Arztes verursacht hatten, währte nicht lange. Aufs neue drängte sich das gleiche Zimmer vor, die gleichen Bilder, Gardinen, Tapeten und Fläschchen und aufs neue sein eigener schmerzender und leidender Körper. Iwan Iljitsch begann zu stöhnen. Man gab ihm eine Spritze, und er dämmerte ein.

Als er die Augen aufschlug, war es Abend geworden; das Essen wurde ihm gebracht. Es kostete ihn Anstrengung, mit der Bouillon fertig zu werden; und wieder das gleiche, und wieder die anbrechende Nacht. Nach dem Essen, es war schon gegen sieben Uhr, trat Praskowja Fjodorowna in Abendtoilette in sein Zimmer; ihre üppigen Brüste waren heraufgeschnürt, und auf ihrem Gesicht lagen Spuren von Puder. Sie hatte ihn noch am Vormittag erinnert, dass es heute abend ins Theater ginge. Es war ein Gastspiel von Sarah Bernhardt, zu dem sie eine Loge genommen hatten, und er selber hatte darauf bestanden, dass eine genommen würde. Jetzt freilich hatte er es schon längst vergessen und fühlte sich durch ihre Toilette gekränkt. Allein er verbarg seine Gekränktheit, weil er sich daran erinnerte, wie er selber darauf bestanden, dass sie die Loge nähmen und hinfahren sollten, denn auf die Kinder würde es sowohl erzieherisch wirken als ihnen auch einen ästhetischen Genuss bereiten.

Praskowja Fjodorowna trat ein, selbstzufrieden wie immer und doch scheinbar ein wenig schuldbewusst. Sie nahm Platz und fragte nach seinem Befinden, und sie tat das, wie er sah, nur, um eben danach zu fragen, und nicht etwa, um wirklich etwas zu erfahren, denn sie musste ja wissen, dass da nichts zu erfahren war; sie begann darauf von dem zu sprechen, was ihr zu sprechen notwendig schien: dass sie um nichts in der Welt ins Theater gefahren wäre, doch nun sei die Loge einmal genommen, und es führen Ellen und Lisa, die Tochter, und Petrischtschew (der Untersuchungsrichter und Verlobte der Tochter), und man könne diese doch unmöglich allein lassen. Ihr freilich wäre es viel angenehmer gewesen, bei ihm zu bleiben. Und er solle sich doch während ihrer Abwesenheit an die Vorschriften des Arztes halten.

»Was ich sagen wollte – auch Fjodor Dmitrijewitsch« (der Verlobte) »möchte dich sehen. Geht das? Und natürlich Lisa.«

»Mögen sie kommen.«

Die Tochter trat ein, ebenfalls in Abendtoilette, die ihren jungen Körper entblößt zeigte, während ihm doch sein Körper soviel Leiden verursachte. Sie aber stellte den ihren zur Schau. Jung war sie, gesund, ganz offensichtlich verliebt und außerdem wegen der Krankheit, der Leiden und dieses Sterbens, die ihr Glück beeinträchtigten, verstimmt.

Auch Fjodor Dmitrijewitsch trat ein, im Frack, frisiert à la Capoul; um seinen langen muskulösen Hals lag ein dicht anschließender weißer Kragen, seine riesige Hemdbrust war weiß, und seine starken Schenkel steckten in prall anliegenden schwarzen Hosen; einen der weißen Handschuhe hatte er bereits angezogen und hielt seinen Klapphut in der Hand.

Hinter ihm aber schlich unbemerkt auch der Gymnasiast in seiner neuen Uniform ins Zimmer, der arme Junge, in Handschuhen und mit fürchterlichen blauen Rändern unter den Augen, deren Bedeutung Iwan Iljitsch wohlbekannt war.

Der Sohn tat ihm immer besonders leid. Schrecklich war sein ewig verängstigter teilnahmsvoller Blick. Iwan Iljitsch kam es manchmal so vor, als ob außer Gerassim nur noch Wasja ihn verstünde und bemitleide.

Alle setzten sich, und wieder wurde nach dem Befinden gefragt. Es entstand eine Pause. Lisa erkundigte sich bei der Mutter nach dem Opernglas, und es kam zu einer nicht angenehmen Auseinandersetzung zwischen Mutter und Tochter, wer es zuletzt gehabt hätte.

Fjodor Dmitrijewitsch fragte Iwan Iljitsch, ob dieser die Sarah Bernhardt schon gesehen habe. Iwan Iljitsch konnte anfangs gar nicht recht verstehen, was man ihn fragte, schließlich jedoch sagte er: »Nein; haben Sie sie denn schon gesehen?«

»Ja, in ›Adrienne Lecouvreur‹.«

Praskowja Fjodorowna meinte darauf, sie sei in der und der Rolle ganz besonders gut. Die Tochter widersprach. Und hierauf begann ein Gespräch über die Eleganz und die Wahrhaftigkeit ihres Spiels, jenes selbe Gespräch, das immer und überall das gleiche ist.

Mitten in diesem Gespräch blickte Fjodor Dmitrijewitsch Iwan Iljitsch an und verstummte plötzlich. Auch die anderen sahen hin und verstummten ebenfalls. Iwan Iljitsch schaute mit so besonders glänzenden Augen vor sich hin, offenbar unwillig über die Anwesenden. Das musste gutgemacht werden, allein es war völlig unmöglich, es gutzumachen. Und außerdem musste das plötzliche Schweigen unterbrochen werden. Keiner konnte sich dazu entschließen, denn allen wurde es auf einmal angst und bange, dass damit auch die gesellschaftliche Lüge zerstört werden könnte und allen klarwerden müsste, wie es sich in Wirklichkeit verhielte. Lisa fasste als erste Mut. Sie unterbrach das Schweigen. Sie wollte damit zwar verbergen, was sie alle fühlten, allein sie versprach sich dabei.

»Wenn wir überhaupt fahren wollen, dann ist es die höchste Zeit«, sagte sie, auf ihre Uhr schauend, die ein Geschenk des Vaters war, und lächelte mit einer Bedeutung, die nur den beiden bekannt war, dem jungen Mann kaum merkbar zu; darauf stand sie auf und rauschte mit dem Kleide.

Alle erhoben sich, nahmen Abschied und gingen fort.

Als sie hinausgegangen waren, schien es Iwan Iljitsch, dass es ihm besser ginge: es war keine Lüge mehr da, sie war mit jenen hinausgegangen, der Schmerz freilich war zurückgeblieben. Dieser immer gleiche Schmerz und die immer gleiche Furcht bewirkten, dass ihm nichts mehr besonders schwer erschien, nichts mehr besonders leicht. Es wurde einfach immer schlimmer.

Und wieder folgte eine Minute der anderen, eine Stunde der anderen, ewig das gleiche und ewig kein Ende, und immer furchtbarer das unentrinnbare Ende.

»Ja, schick mir Gerassim«, entgegnete er auf Pjotrs Frage.

9

Spätabends kehrte seine Frau heim. Obwohl sie auf Zehenspitzen eintrat, hörte er sie sofort: er öffnete die Augen und schloss sie sogleich wieder. Sie wollte Gerassim fortschicken, um selber bei ihm zu wachen. Doch da öffnete er die Augen und sagte: »Nein. Geh nur.«

»Musst du dich sehr quälen?«

»Immer das gleiche.«

»Nimm doch Opium.«

Er willigte ein und nahm es. Sie ging.

Bis gegen drei Uhr lag er in einem qualvollen Dämmerzustand. Ihm war, als presse man ihn mit seinen Schmerzen in einen engen, schwarzen und tiefen Sack und presse ihn immer weiter hinein und könne ihn doch nicht ganz hineinpressen. Dabei vollzog sich dieses Entsetzliche mit großer Qual für ihn. Es war, als fürchte er sich einerseits davor und wollte doch andererseits hineinfallen und als kämpfe er dagegen an und helfe gleichzeitig nach. Plötzlich aber schien er abzustürzen und zu fallen – und erwachte. Immer noch saß Gerassim wie zuvor am Fußende des Bettes und dämmerte ruhig und geduldig vor sich hin. Er selber jedoch lag auf dem Bett, seine in Strümpfen steckenden abgemagerten Füße ruhten auf Gerassims Schultern; die Kerze mit dem Kerzenschirm war die gleiche, und ganz wie zuvor nagte der nie nachlassende Schmerz.

»Geh, Gerassim«, flüsterte er.

»Macht nichts, ich bleib ganz gern noch da.«

»Nein, geh.«

Er nahm die Füße herab und legte sich seitlings auf seinen Arm und hatte plötzlich großes Mitleid mit sich selber. Er wartete nur, bis Gerassim ins Nebenzimmer gegangen war, und konnte sich dann nicht mehr länger zurückhalten, sondern begann zu weinen wie ein Kind. Er weinte über seine Hilflosigkeit, über seine entsetzliche Einsamkeit, über die Grausamkeit der Menschen, über die Grausamkeit Gottes, und er weinte auch über Gottes Abwesenheit.

›Warum hast du mir all das angetan? Warum hast du mich dahin gebracht? Warum, warum nur quälst du mich so entsetzlich? …‹

Er erwartete freilich keine Antwort auf diese Fragen und weinte auch darüber, dass es keine Antwort gab und nicht geben konnte. Die Schmerzen wurden aufs neue stärker, aber er rührte sich nicht und rief niemand herbei. Er sprach heimlich: »Noch, noch, schlag nur zu! Warum jedoch, warum? Was habe ich dir angetan, warum?«

Allein gleich darauf verstummte er und hörte nicht nur auf zu weinen, sondern sogar zu atmen und wurde ganz Aufmerksamkeit: es war, als horchte er nicht auf eine Stimme, die mit vernehmbaren Lauten sprach, sondern auf die Stimme seiner Seele, die sich in ihm erhob, auf den Gang seiner Gedanken.

»Was willst du eigentlich?« das war der erste klare, mit Worten auszudrückende Begriff, den er zu vernehmen vermochte. – »Was willst du, was willst du eigentlich?« wiederholte er vor sich selber. »Was eigentlich? – Nicht mehr leiden. Leben«, erwiderte er.

Und wieder wurde er ganz Aufmerksamkeit und horchte so gespannt, dass nicht einmal seine Schmerzen ihn davon abzulenken vermochten.

»Leben? Aber wie leben?« fragte die Stimme der Seele.

»Jawohl, leben, wie ich vormals gelebt: gut und angenehm.«

»Wie du vormals gelebt, gut und angenehm?« fragte die Stimme. Und nun ließ er in seiner Phantasie die besten Minuten dieses angenehmen Lebens an sich vorüberziehen. Allein, wie sonderbar, all diese besten Minuten angenehmen Lebens schienen jetzt gar nicht mehr das zu sein, was sie ihm vordem gewesen. Alle, alle mit Ausnahme erster Kindheitserinnerungen. Dort, in der fernen Kindheit, lag etwas wahrhaft Angenehmes, mit dem man auch heute noch hätte leben können, wenn es nur wiederkehren wollte. Freilich war der Mensch, dem dieses Angenehme widerfahren, nicht mehr da: es war gleichsam nur die Erinnerung an einen anderen.

Denn kaum hatte das eingesetzt, dessen Endergebnis der jetzige Iwan Iljitsch war, da schmolzen auch all die früheren scheinbaren Freuden vor seinen Augen hin, verwandelt in etwas völlig Geringfügiges und häufig sogar Widerwärtiges.

Je weiter er sich von der Kindheit entfernte und je näher er der Gegenwart kam, desto geringfügiger und zweifelhafter wurden die Freuden. Mit der Rechtsschule begann es. Dort hatte es zwar noch gewisse wahrhaft gute Dinge gegeben: echte Fröhlichkeit hatte es dort gegeben, Freundschaft und viele Hoffnungen. Allein schon in den höheren Klassen waren diese guten Minuten spärlicher geworden. Auch späterhin, und zwar in der Zeit, da er seinen ersten Dienst beim Gouverneur versehen, tauchten wiederum gute Minuten auf: das waren die Erinnerungen daran, wie er eine Frau geliebt. Doch danach vermengte sich alles, und es gab immer weniger Gutes. Und je weiter er sich davon entfernte, desto weniger Gutes konnte er finden, je weiter, desto weniger.

Die Ehe ... die so unerwartet kam, die Enttäuschung, der Geruch aus dem Munde der Frau, die Sinnlichkeit und Heuchelei! Und dazu dieser tote Dienst, die Sorgen ums Geld, und so ein Jahr und zwei und zehn und zwanzig – immer das gleiche. Und je weiter, desto lebloser. Ganz so, als sei ich in gleichem Schritt einen Berg hinabgestiegen und hatte doch gemeint, ich stiege hinan. So war es auch. In der öffentlichen Meinung stieg ich bergan und im gleichen Maße absteigend, verließ mich das Leben ... Und nun ist er fertig – nun stirb!

Ja, was soll denn das? Und warum? Das kann doch nicht sein! Es kann doch nicht sein, dass das Leben so sinnlos und widerlich ist? Wenn es aber wirklich so sinnlos und widerlich ist, warum dann sterben und unter Leiden sterben? Da stimmt etwas nicht.

›Vielleicht jedoch habe ich nicht so gelebt, wie es sich gehört hat?‹ schoss es ihm plötzlich durch den Kopf. ›Aber warum nicht so, da ich doch alles tat, wie es getan werden musste?‹ sprach er zu sich selber und scheuchte alsbald diese einzige Lösung des ganzen Rätsels von Leben und Tod von sich, wie etwas völlig Unmögliches.

›Und was ist es eigentlich, das du jetzt willst? Leben? Und wie leben? Etwa leben, wie du im Gericht lebst, wenn der Gerichtsdiener verkündet: »Es kommt der Gerichtshof!«‹ – ›Es kommt das Gericht, es kommt das Gericht‹, wiederholte er bei sich. »Da ist das Gericht. Aber ich bin doch gar nicht schuldig!« rief er voller Zorn. »Warum?« Und er hörte auf zu weinen, drehte sich mit dem Gesicht zur Wand und hatte in seinen Gedanken nur noch dies eine: ›Warum? Warum dieses ganze Entsetzen?‹

Allein wieviel er auch darüber nachdachte, er fand keine Antwort. Wenn ihm dann aber zuweilen der Gedanke kam, wie er ihm schon häufig gekommen, dass vielleicht alles nur deshalb so geworden sei, weil er nicht richtig gelebt habe, dann fiel ihm auch alsbald die ganze Korrektheit seines Lebens ein, und er verscheuchte diesen sonderbaren Gedanken immer wieder.

10

So vergingen zwei Wochen. Iwan Iljitsch stand schon nicht mehr vom Diwan auf. Im Bett wollte er nicht liegen und lag darum auf dem Diwan. Dort lag er fast die ganze Zeit, das Gesicht zur Wand gekehrt, und litt einsam immer das gleiche unlösbare Leiden und durchdachte einsam immer wieder die gleiche unauflösbare Gedankenkette. ›Was ist das? Sollte es wirklich wahr sein, dass das der Tod ist?‹ Und eine innere Stimme antwortete: »Ja, das ist wahr.« – ›Warum dann diese Qualen?‹ Und die Stimme antwortete: »Weil das so ist und aus keinem besonderen Anlass.« Außer diesem war weiter nichts da.

Von dem Beginn der Krankheit an, seit dem Augenblick, da Iwan Iljitsch, zum ersten Male den Arzt aufgesucht, wurde sein Leben von zwei einander völlig entgegengesetzten Stimmungen zerrissen, die einander abwechselten: bald waren es Verzweiflung und Erwartung eines unbegreiflichen und entsetzlichen Todes, dann tauchte Hoffnung auf, verbunden mit der sehr interessierten Beobachtung der Tätigkeit des eigenen Körpers, bald wieder standen vor seinen Augen Niere oder Blinddarm, wie sie sich auf kurze Zeit der Erfüllung ihrer Pflichten entzogen, dann wieder sah er nur noch den unbegreiflichen, entsetzlichen Tod, dem man durch nichts entgehen konnte.

Diese beiden Stimmungen lösten einander seit dem Beginn der Krankheit unablässig ab; jedoch je weiter seine Krankheit fortschritt, desto zweifelhafter und phantastischer wurden die Erwägungen über die Niere und desto sicherer das Bewusstsein des herannahenden Todes.

Er brauchte sich nur zu erinnern, wie er noch vor drei Monaten gewesen, und es damit zu vergleichen, wie gleichmäßig er den Berg hinabgeschritten – um jede Möglichkeit einer Hoffnung zerstört zu sehen.

In der letzten Zeit dieser Einsamkeit, in der er beständig mit dem Gesicht zur Diwanlehne lag, dieser Einsamkeit inmitten einer bevölkerten Stadt und umgeben von seinen zahlreichen Bekannten und seiner Familie – einer Einsamkeit, wie sie vollkommener nicht zu finden war: weder auf dem Grunde des Meeres noch im Schoße der Erde –, in der letzten Zeit dieser furchtbaren Einsamkeit lebte Iwan Iljitsch nur noch in Erinnerung an die Vergangenheit. Die Bilder der Vergangenheit stiegen eins nach dem anderen vor ihm auf. Dieser Prozess begann stets mit dem zeitlich Nächstliegenden, leitete immer zum Allerentferntesten, zur Kindheit, über und blieb dort haften. Wenn Iwan Iljitsch sich zum Beispiel an die gekochten Pflaumen erinnerte, die man ihm am gleichen Tage angeboten hatte, musste er sich unwillkürlich an die feuchten, runzeligen französischen Pflaumen der Kindheit erinnern, an ihren besonderen Geschmack und an das Aufgebot von Speichel, wenn man an den Kern gekommen war; gleichzeitig mit der Erinnerung an diesen Geschmack aber stieg eine ganze Reihe von Erinnerungen aus jener Zeit empor: die Kinderfrau, die Brüder und die Spielsachen. ›Nicht daran denken ... es tut zu weh‹, sagte sich Iwan Iljitsch und ließ seine Gedanken wieder zur Gegenwart zurückwandern. Da gab es zum Beispiel einen Knopf auf der Diwanlehne und die Falten im Saffian. ›Saffian ist teuer und nutzt sich schnell ab; seinetwegen gab es einen Streit. Indes da war doch einmal auch noch ein anderer Saffian und ein anderer Streit, als wir die Aktentasche Papas zerrissen hatten und bestraft wurden und Mama uns Kuchen brachte.‹ Und wieder blieb er an der Kindheit haften, und wieder tat es Iwan Iljitsch weh, so dass er sich bemühte, die Gedanken zu verscheuchen und an etwas anderes zu denken.

Dabei freilich und gleichzeitig mit dem Gang dieser Erinnerungen fand in seinem Geist noch ein anderer Erinnerungsprozess statt – jener, wie seine Krankheit zugenommen und gewachsen. Hier war es das gleiche, je weiter er zurückdachte, desto mehr Leben war da. Desto mehr Gutes fand er in dem Leben, und desto mehr wirkliches Leben war vorhanden. Das eine und das andere verschmolzen miteinander. ›Je größer und schlimmer die Schmerzen wurden, desto schlimmer und schlimmer verlief auch das Leben‹, dachte er. Weit zurück zu Beginn des Lebens, da lag wohl noch ein heller Punkt, aber dann kam es immer dunkler und dunkler und immer schneller und schneller. ›Umgekehrt proportional den Quadraten der Entfernung vom

Tode‹, musste Iwan Iljitsch denken. Und dieser Vergleich mit dem Stein, der mit zunehmender Schnelligkeit hinabstürzt, fiel tief in seine Seele. Das Leben, diese Kette immer größer werdender Qualen, trieb immer schneller und schneller dem Ende entgegen, der allerentsetzlichsten Qual. ›Ich stürze …‹ Er zitterte, bewegte sich und wollte dagegen ankämpfen; allein er wusste ja schon, dass man nicht dagegen ankämpfen könnte, und fuhr fort, mit seinen vom Schauen müden Augen, die dennoch nicht anders konnten, als immer wieder das anschauen, was vor ihnen lag, die Lehne des Diwans zu betrachten, und er wartete – er wartete auf diesen furchtbaren Sturz, den Aufprall und die Vernichtung. ›Man kann nicht dagegen an‹, sprach er zu sich. ›Aber wenn man wenigstens begreifen könnte, warum es geschieht? Auch das ist unmöglich. Es wäre möglich, es zu erklären, wenn ich zugeben wollte, dass ich nicht so gelebt habe, wie es nötig war. Allein das kann ich unmöglich zugeben‹, so unterhielt er sich mit sich selber und dachte dabei an die Gesetzmäßigkeit, Regelmäßigkeit und Anständigkeit seines Lebens. ›Dies eben kann ich keineswegs einräumen‹, sprach er zu sich selber und verzog die Lippen zu einem Lächeln, als wäre jemand da, der dieses Lächeln sehen und von ihm getäuscht werden könnte. ›Es gibt keine Erklärungen! Nur Qual, nur Tod … Warum?‹

11

So vergingen zwei weitere Wochen. In diese Wochen fiel ein Ereignis, das Iwan Iljitsch und seiner Frau sehr erwünscht kam: Petrischtschew machte einen formellen Antrag. Dies hatte sich am Abend zugetragen. Tags darauf begab sich Praskowja Fjodorowna zu ihrem Mann und überlegte, wie sie ihm wohl Fjodor Dmitrijewitschs Antrag mitteilen könne, allein in dieser selben Nacht war bei Iwan Iljitsch eine neue Wendung zum Schlimmeren eingetreten.

Praskowja Fjodorowna traf ihn auf dem gleichen Diwan, doch diesmal in einer anderen Stellung an. Er lag auf dem Rücken, stöhnte und starrte stieren Blickes vor sich hin.

Sie begann von Arzneien zu sprechen. Da heftete er seinen Blick auf sie. Es gelang ihr nicht, den Satz zu Ende zu sprechen, den sie begonnen: so viel Zorn lag in seinem Blick.

»Um Christi willen, lass mich doch wenigstens ruhig sterben«, sagte er.

Sie wollte gehen, doch im gleichen Augenblick trat die Tochter ein und näherte sich, um guten Morgen zu sagen. Er sah die Tochter so an wie zuvor seine Frau und entgegnete ihr auf die Frage nach seinem Befinden trocken, dass er alle bald von seiner Gegenwart befreien würde. Die beiden Frauen verstummten, saßen noch ein wenig und entfernten sich darauf.

»Sind wir denn vielleicht schuld daran?« äußerte Lisa zur Mutter. »Als hätten wir es verursacht! Mir tut Papa furchtbar leid, aber weswegen quält er uns nur so?«

Zur gewohnten Stunde kam der Arzt. Iwan Iljitsch entgegnete auf seine Fragen einsilbig mit Ja und Nein, ohne seinen zornigen Blick während der ganzen Zeit von ihm zu lassen, und sagte schließlich:

»Sie wissen ja, dass Sie mir nicht helfen können, so lassen Sie mich lieber in Ruhe.«

»Wir können die Schmerzen lindern«, meinte der Arzt.

»Das können Sie ebensowenig; lassen Sie mich allein.«

Der Arzt ging in den Salon und teilte Praskowja Fjodorowna mit, es stünde sehr schlimm und es gäbe nur ein einziges Mittel, nämlich Opium, um die Schmerzen zu lindern, die entsetzlich sein müssten.

Der Arzt hatte gesagt, dass seine physischen Schmerzen entsetzlich sein müssten, und dem war auch so; doch viel entsetzlicher noch als die physischen Schmerzen waren seine seelischen Leiden, ja, diese bildeten sogar seine Hauptqual. Sein seelisches Leiden erwuchs daraus, dass ihm, als er in dieser Nacht Gerassims verschlafenes, gutmütiges Gesicht mit den starken Backenknochen betrachtete, plötzlich der Gedanke gekommen war: ›Wie, wenn in der Tat mein ganzes Leben, mein ganzes bewusstes Leben nicht das Wahre gewesen ist?‹

Ihm war der Gedanke gekommen, dass jener andere Gedanke, der ihm vormals so völlig unmöglich vorgekommen war, vielleicht doch auf Wahrheit beruhen könnte: dass er nämlich sein Leben nicht in der rechten Art geführt hätte. Und ihm war ferner der Gedanke gekommen, dass vielleicht seine kaum merklichen Versuche, gegen das, was von höhergestellten Personen für gut gehalten wurde, anzukämpfen, dass diese kaum bemerkbaren Versuche, die er jedesmal sofort aufgegeben hatte, dass vielleicht gerade sie das Wahre gewesen seien und alles übrige nicht das Wahre. Dass sowohl sein Dienst wie auch seine Lebensführung, seine Familie sowohl wie all diese Interessen der Gesellschaft und des Dienstes, dass all dies zusammen nicht das Wahre gewesen sein mochte. Da hatte er versucht, es vor sich selber zu verteidigen. Und hatte plötzlich die ganze Schwäche dessen, was er verteidigte, fühlen müssen. Und dass nichts zu verteidigen war.

›Aber wenn dem so ist‹, sagte er zu sich, ›und wenn ich nun mit dem Bewusstsein aus dem Leben gehe, dass ich alles zerstört habe, was mir beschieden ward, und nichts mehr gutmachen kann, was dann?‹ Da hatte er sich rücklings niedergelegt und auf eine neue Weise sein Leben zu durchdenken begonnen. Und als er am Morgen den Diener und darauf seine Frau und dann die Tochter und endlich den Arzt erblickte, da bestätigten ihm jede ihrer Bewegungen, jedes ihrer Worte nur noch mehr die furchtbare Wahrheit, die sich ihm in dieser Nacht enthüllt hatte. Denn in ihnen sah er sich selber, sah er all das, wofür er gelebt, und erkannte klar, dass all das nicht das Wahre gewesen, sondern dass all das ein entsetzlicher, ungeheurer Betrug gewesen war, der das Leben und den Tod vor ihm verborgen gehalten hatte. Diese Erkenntnis vergrößerte, ja verzehnfachte seine physischen Schmerzen. Er stöhnte und warf sich auf dem Diwan hin und her und zerrte an seiner Kleidung. Ihm war, als presse sie ihn und als wolle sie ihn ersticken. Und auch deswegen hasste er die anderen.

Er erhielt eine sehr große Dosis Opium und dämmerte ein; doch um die Essenszeit begann das gleiche. Er jagte alle aus seiner Nähe und war furchtbar unruhig.

Seine Frau kam ins Zimmer und sagte:

»Jean, mein Täubchen, tu es doch für mich (für mich?). Es kann nicht schaden, und häufig hilft es sogar. Es braucht ja weiter nichts zu bedeuten. Denn auch Gesunde tun es häufig ...«

Er öffnete die Augen weit.

»Was? Den Priester? Warum? Nein, nicht nötig ... Übrigens ...«

Sie brach in Tränen aus.

»Erlaubst du es, mein Lieber? Ich will unsern holen lassen, er ist so lieb.«

»Schön, sehr gut«, meinte er.

Nachdem der Priester gekommen war und ihm die Beichte abgenommen hatte, wurde Iwan Iljitsch weich, ihm war, als sei in seinen Zweifeln eine Erleichterung eingetreten und als seien infolgedessen auch seine Schmerzen geringer geworden, und es kam wieder eine Minute Hoffnung über ihn. Er begann aufs neue an den Blinddarm zu denken und an die Möglichkeit der Genesung. Mit Tränen im Auge empfing er das Sakrament.

Als er nach Empfang des Sakramentes umgebettet wurde, fühlte er sich eine Minute hindurch besser, und aufs neue stieg die Hoffnung auf, er würde vielleicht am Leben bleiben dürfen. Und jetzt überlegte er bereits die Operation, die man ihm vorgeschlagen hatte. ›Leben, ich will leben‹, sprach er zu sich. Seine Frau kam, ihn zu beglückwünschen; sie sagte die üblichen Worte und fügte hinzu:

»Nicht wahr, jetzt geht es dir doch besser?«

Ohne sie anzusehen, erwiderte er: »Ja.«

Ihre Kleidung, ihr Körperbau, der Ausdruck ihres Gesichts und der Klang ihrer Stimme – sie sagten ihm nur das eine: ›Es ist nicht das Wahre – all das, wofür ich gelebt habe und lebe, ist Lüge und Betrug; Lüge und Betrug haben Leben und Tod vor mir verborgen gehalten.‹ Und kaum hatte er das gedacht, da stieg alsbald der Hass von neuem auf, und zugleich mit dem Hass kamen auch die physischen, qualvollen Schmerzen wieder und mit den Schmerzen das Bewusstsein des unvermeidlichen nahen Unterganges. Es ging etwas Neues vor: es begann zu kreisen und zu stechen und ihm den Atem zu beklemmen.

Der Ausdruck seines Gesichtes, als er dieses »Ja« gesagt, war entsetzlich. Denn nachdem er, ihr starr ins Gesicht blickend, dieses »Ja« gesagt, streckte er sich mit einer für seine Schwäche ungewöhnlichen Schnelligkeit mit dem Rücken nach oben und schrie:

»Geht fort, geht fort, lasst mich in Ruh'!«

12

Und von diesem Augenblick an setzte jener drei Tage lang ohne Unterbrechung währende Schrei ein, der so grauenhaft war, dass man ihn noch hinter zwei Türen nicht ohne Entsetzen vernehmen konnte. Denn in dem Augenblick, da er seiner Frau jene Antwort gegeben, hatte er begriffen, dass er verloren sei, dass es keinen Rückweg mehr gäbe und dass das Ende gekommen war, das letzte Ende, und dabei war sein Zweifel noch keineswegs gelöst und musste auf ewig Zweifel bleiben.

»Uh! Uh uh! Uh!« schrie er mit verschiedenen Intonationen. So wie er da geschrien hatte: »Lasst mich in Ruh'!«, so setzte er sein Schreien auf den Vokal »u« fort.

Während dieser drei Tage, in deren Verlauf die Zeit für ihn ihren Sinn verloren hatte, widerstrebte er jenem schwarzen Sack, in den ihn eine unsichtbare unüberwindliche Macht pressen wollte. Er kämpfte und rang, wie ein zum Tode Verurteilter in den Händen seines Henkers kämpft, wohl wissend, dass es keine Rettung gibt; und musste doch mit jedem Augenblick immer mehr fühlen, dass er, trotz aller Anstrengungen seines Kampfes, jenem immer näher und näher kam, was ihn so entsetzte. Er fühlte, dass seine Qual nicht nur darin bestand, dass er in dieses schwarze Loch gepresst wurde, sondern noch mehr darin, dass er nicht imstande war hineinzukriechen. Hineinzukriechen aber hinderte ihn jener Gedanke, dass sein Leben ja gut gewesen sei. Denn diese Rechtfertigung seines eigenen Lebens fesselte ihn und ließ ihn nicht vorwärts und peinigte ihn mehr als alles.

Plötzlich war ihm, als erhalte er von einer unbekannten Gewalt einen Stoß vor die Brust und einen Stoß in die Seite; noch heftiger wurde seine Atemnot, und er stürzte in das Loch ab; dort aber, am Ende der Kluft, leuchtete etwas auf. Es ging ihm so, wie es ihm zuweilen auf der Eisenbahn gegangen war, wenn er gedacht, dass er vorwärts führe, und er dabei doch rückwärts fuhr und er plötzlich unversehens die wirkliche Richtung erkannte.

›Ja, es war alles nicht das Wahre‹, sagte er zu sich, ›doch das macht nichts. Man kann ja, noch kann man es erreichen, das ‚Wahre'. Doch was ist das ‚Wahre'?‹ fragte er sich und wurde plötzlich ganz still.

Dies geschah gegen Ende des dritten Tages, zwei Stunden vor seinem Tode. Um diese selbe Zeit hatte sich der kleine Gymnasiast heimlich zum Vater gestohlen und sich seinem Lager genähert. Der Sterbende schrie immer noch so verzweifelt wie zuvor und schlug mit den Händen um sich. Seine Hand fiel dabei auf den Kopf seines Sohnes. Der kleine Gymnasiast ergriff sie, presste sie an seine Lippen und begann zu weinen.

Und um diese nämliche Zeit geschah es, dass Iwan Iljitsch sich abstürzen fühlte und das Licht sah und ihm klar wurde, dass sein Leben nicht das Wahre gewesen, das es hätte sein sollen, doch dass man dies noch gutmachen könne. Er hatte sich gefragt, was denn das »Wahre« sei, und war stumm geworden und horchte. Da fühlte er, wie jemand seine Hand küsste. Er schlug die Augen auf und sah seinen Sohn an. Er tat ihm sehr leid. Seine Frau trat heran. Er sah auch sie an. Mit offenem Munde stand sie da, Tränen überströmten ihre Nase und ihre Wangen, und ihr Gesicht sah so verzweifelt aus. Und auch sie tat ihm sehr leid.

›Ja, ich quäle sie‹, musste er da denken. ›Es ist ihnen weh zumute, doch es wird ihnen leichter werden, wenn ich gestorben bin.‹ Er wollte diesen Gedanken aussprechen, aber er war nicht mehr imstande, es zu tun. ›Übrigens, warum auch sprechen, man muss es tun‹, überlegte er. Mit einem Blick wies er seine Frau auf den Sohn hin und sagte:

»Führ fort ... sehr leid ... auch du ...«, er wollte noch sagen »leb wohl«, allein er versprach sich dabei und konnte nur noch, da er nicht mehr imstande war, sich zu verbessern, eine kraftlose Handbewegung machen, wissend, dass jener, der es verstehen sollte, es verstehen würde.

Und plötzlich wurde ihm klar, dass alles, was ihn gequält hatte und nicht herauswollte, dass all das plötzlich und mit einem Male herausquoll, von zwei Seiten, von zehn Seiten, von allen Seiten. Jene taten ihm leid, und jetzt musste es geschehen, damit ihnen nicht mehr weh wäre. Sie befreien und sich selber von diesen Leiden befreien. ›Wie gut, und dabei wie einfach‹, dachte er. ›Und wo ist der Schmerz?‹ fragte er sich. ›Wo ist er hin? Sag mal, wo bist du hin, Schmerz?‹

Er begann hinzuhorchen.

›Aha, da ist er. Was macht es schon, meinetwegen Schmerz.‹

›Und der Tod? Wo ist er?‹

Und er suchte nach seiner früheren, so gewohnten Todesangst und konnte sie nicht finden. Wo war sie? Und was denn für ein Tod? Es war keine Angst da, weil auch kein Tod mehr da war.

An Stelle des Todes war ein Licht da.

»So ist das also!« sagte er plötzlich laut. »Welch eine Freude!«

Für ihn geschah das alles in einem Augenblick, und die Bedeutung dieses Augenblickes wurde nicht mehr anders. Für die Anwesenden freilich dauerte der Todeskampf noch zwei Stunden. In seiner Brust brodelte es; sein erschöpfter Körper zuckte zuweilen. Allein dieses Brodeln und Keuchen wurde immer seltener und seltener.

»Es ist zu Ende!« sagte jemand über ihm.

Er hörte diese Worte und wiederholte sie in seinem Geiste. ›Zu Ende ist der Tod‹, sagte er sich. ›Er ist nicht mehr.‹

Er schöpfte noch einmal Luft, blieb mitten darin stecken, streckte sich lang aus und war tot.

Nachwort

»Nein, nein und nein, so kann man nicht leben, wie ich gelebt habe, und wie wir alle leben. – Das haben mir der Tod Iwan Iljitschs und die von ihm hinterlassenen Aufzeichnungen offenbart.« Als Lew (Leo) Nikolajewitsch Tolstoi (1828–1910) mit diesen Worten auf der ersten Manuskriptseite seiner 1886 veröffentlichten Novelle *Der Tod des Iwan Iljitsch* Anlass und Anliegen seines Werkes andeutete, gehörte er in und außerhalb Russlands bereits seit geraumer Zeit zu den bekanntesten und meistgelesenen russischen Schriftstellern. Weit davon entfernt, ihn in seiner künstlerischen Berufung zu bestätigen, trug sein Ruhm jedoch vielmehr zu der tiefen Krise bei, die der Autor von *Krieg und Frieden* (1868/69) nach Abschluss seines zweiten großen Romanes *Anna Karenina* (1875–77) durchlitt. In seiner zu dieser Zeit verfassten *Beichte* (1882) erscheint ihm seine literarische Tätigkeit nurmehr als Ausdruck von Stolz und Ruhmsucht, als Flucht vor der Auseinandersetzung mit den wahren existentiellen und ethischen Fragen. Er habe, berichtet er, keine Antwort auf die ihn zutiefst bedrängende Frage nach einem Ziel des Lebens, »das nicht durch den Tod vernichtet wird«, gefunden und habe sich mit Selbstmordplänen getragen. Als einzigen Ausweg sieht Tolstoi in seiner von den *Bekenntnissen* des zeitlebens verehrten Jean-Jacques Rousseau inspirierten Lebensbeichte die entschlossene Abkehr von dem, wie es ihm nun scheint, auf einer alles umfassenden Lüge gründenden Leben seiner Standesgenossen und die Hinwendung zu dem einfachen Glauben des schicksalsergebenen russischen Bauern.

In seiner *Beichte* nennt Tolstoi zwei für sein Leben bestimmende Ereignisse: eine öffentliche Hinrichtung, der er 1857 in Paris beiwohnte, und den Tod seines älteren Bruders Nikolaj im Jahre 1860. Auch durch das Werk des russischen Schriftstellers zieht sich das Thema des Todes, des

Sterbens, die Frage nach der Bedeutung des Todes für das Leben wie ein roter Faden – von der frühen gleichnisartigen Erzählung *Drei Tode* (1859) über die Sterbeszenen in *Krieg und Frieden* und *Anna Karenina* bis zu der ausführlichsten und erschütterndsten Darstellung des Sterbens in der Novelle von 1886.

1881 war der Tolstoi persönlich bekannte Staatsanwalt Iwan Iljitsch Metschnikow im Alter von fünfundvierzig Jahren gestorben. Tolstois Schwägerin Tatjana Kusminskaja teilte dem Schriftsteller mit, was sie von der Witwe gehört hatte – »die Gedanken des Sterbenden kurz vor seinem Tode, die Gespräche über die Nutzlosigkeit des Lebens, das er geführt habe«. In Tolstoi reifte der Plan einer Novelle mit dem Titel »Der Tod eines Richters« (»die Beschreibung des einfachen Todes eines einfachen Menschen«).

Iwan Iljitsch ist tot. Der angesehene Jurist Iwan Iljitsch Golowin (von russ. *golowá* ›Kopf‹) ist nach langer Krankheit verstorben. Das erste Kapitel der Novelle schildert als ein der Geschichte vom Leben und Sterben Golowins prologartig vorausgeschickter Epilog, wie die Kollegen und Angehörigen Iwan Iljitschs auf sein Ableben reagieren. Mit schonungsloser, an Zynismus grenzender Ironie entlarvt der Erzähler die Verlogenheit der zur Schau gestellten Gefühle und virtuos zelebrierten Trauerrituale. Kondolenzvisite und Totenmesse verkommen zur Farce.

Die Geschichte von Iwan Iljitschs Leben sei, bemerkt der Erzähler zu Beginn des zweiten Kapitels, »einfach, gewöhnlich und gleichzeitig überaus entsetzlich« gewesen. Golowin wird im folgenden als ein in jeder Hinsicht durchschnittlicher Vertreter seines Standes gezeichnet. Iwan Iljitsch ist ein Jedermann. Er durchläuft eine durchschnittliche Juristenkarriere, führt eine Durchschnittsehe und verbringt seine Freizeit nicht anders als die meisten seiner Kollegen. Er ist ein »angenehmer und anständiger Mensch«. »Angenehm und anständig«: mit dieser im Verlauf der Erzählung leitmotivartig wiederholten Devise meistert Iwan Iljitsch sein Leben vortrefflich und überwindet auch ernstere Krisen – die wachsende Entfremdung von seiner Frau und eine längere Unterbrechung in seiner Karriere – fast mühelos. Doch hinter der Fassade philiströser Lebensprinzipien verbirgt sich Entsetzliches. In dem Lügenkodex, von dem der Schüler Rousseaus die oberen Gesellschaftsschichten beherrscht sieht, figuriert »angenehm«, wie der Leser aus den entlarvenden Erzählerkommentaren erfährt, als Chiffre für die völlige Teilnahmslosigkeit und menschliche Kälte, die Golowin in seiner Familie ebenso wie in seiner dienstlichen Tätigkeit an den Tag legt. »Anständig« hingegen steht für nichts anderes als blanken Opportunismus. An die Stelle des Gewissens, das sich zu Beginn der Laufbahn des Juristen – wie diskret angedeutet wird – bei unschönen Handlungen noch regt, tritt später als einzige, beherrschende Instanz Meinung und Verhalten der »höhergestellten Personen«.

Über die triviale »angenehme und anständige« Existenz des Iwan Iljitsch bricht nun plötzlich die Katastrophe einer unheilbaren Krankheit herein. Zunächst versucht Golowin die Krankheit zu ignorieren und »seine frühere Empfindungswelt wiederherzustellen, die den Tod vor ihm verborgen hatte«. Doch der dumpfe, bohrende, sich allmählich verschlimmernde Schmerz lässt keine Flucht mehr zu. Iwan Iljitsch beginnt, die Schwere seiner Krankheit zu ahnen. Mit Entsetzen entdeckt er außerdem, dass er das Kreuz seiner Angst und seiner Qualen alleine tragen muss, da sich seine Umgebung offensichtlich der Ansicht hingibt, »dass alles auf der Welt genauso ginge wie zuvor«. Es erweist sich – und hier gelangt Tolstoi zu seinem eigentlichen Anliegen –, dass die Lebensprinzipien Golowins als eines ganz und gar typischen Vertreters seiner Gesellschaftsschicht die Ideale einer Zivilisation sind, die begonnen hat, den Tod, und damit den Sterbenden, als etwas ihr zutiefst Fremdes aus ihrer Mitte zu verbannen. In dem Augenblick, da sich der sterbende Iwan Iljitsch nicht mehr fähig und gewillt zeigt, der Lüge, »dass er nur krank sei und keineswegs auf den Tod darniederläge«, zu dienen, wird er zum Fremden, den man »entsetzlicher Einsamkeit« preisgibt. Die Ärzte, denen der Kranke nun überlassen wird – die Abschiebung des Sterbenden in das Krankenhaus, wie sie in unseren Tagen praktiziert wird, kündigt sich an –, behandeln ihn mit derselben brillanten professionellen Unmenschlichkeit, mit der der Jurist Golowin seine Angeklagten abgeurteilt hatte. In einem langwierigen, qualvollen Prozess beginnt Iwan Iljitsch, die Verlogenheit seiner Lebensprinzipien zu erkennen und seinen Tod anzunehmen. Mit minuziöser Genauigkeit schildert der Erzähler, dessen Rede immer wieder unmerklich in den inneren Monolog des Sterbenden übergeht, die sich allmählich wandelnde Einstellung des Helden zu seinem Schicksal und zeichnet den Weg von der Verleugnung der tödlichen Krankheit über Auflehnung und Verzweiflung bis zur Annahme des Todes nach, wie er auch von der modernen Sterbeforschung beschrieben wird.

In der schon erwähnten Erzählung *Drei Tode* hatte Tolstoi dem »erbärmlichen, abstoßenden Tode« (Tolstoi in einem Brief) einer Adligen das ruhige Sterben eines Bauern gegenübergestellt. In unserer Novelle ist der Bauernbursche Gerassim neben Iwan Iljitschs Sohn Wasja der einzige, der echtes Mitgefühl mit dem Leidenden zeigt. Nur er und das Kind ›lügen‹ nicht. Mit seinem natürlichen Verhältnis zu Leben und Tod trägt Gerassim entscheidend zur Läuterung des verzweifelten Sterbenden bei.

Zum Schluss befreit sich Iwan Iljitsch aus dem Lügengeflecht, das »die furchtbare und feierliche Tatsache seines Todes« zu entwürdigen drohte. Die schaurige Vision eines »schwarzen, tiefen Sackes«, in den ihn eine »unsichtbare, unüberwindliche Macht« zu pressen sucht, weichen einer befreienden Lichterscheinung – Visionen, wie wir sie ebenso in uralten Todesdarstellungen wie in den Berichten moderner Sterbeforscher finden. Schmerz und Todesangst schwinden. An die Stelle des verdrängten, abstoßenden Todes tritt das Bild des schönen Todes, des gelassenen Abschieds des Sterbenden von den Seinen.

Die Geschichte vom Leben und Sterben des Iwan Iljitsch spielt in der Zeit zwischen 1860 und 1880 im Milieu des russischen Dienstadels. Die satirischen Passagen der Novelle nehmen vor allem das ständische Denken der Protagonisten aufs Korn. Doch Tolstoi geht es um mehr als um vordergründige Zeitkritik. Eine Gesellschaft, die den Tod verleugnet, so lautet die Botschaft des Weisen von Jasnaja Poljana, wird auch in ihrem Leben von der Lüge beherrscht.

Konrad Fuhrmann